高詩佳 著

圖解

我的第一本作文書

跟著**閱讀地圖**走，
讓你輕鬆寫出好作文、拿高分

**獨家！作文心智圖第一次大公開，
讓你一看就上手！**

以名家散文為經、文章的閱讀地圖為緯，搭配四格漫畫的情境插圖，為你設計不一樣、
屬於你的「**第一本作文書**」。
打破「不會寫作文」的困境，讓你一讀就立刻上手，輕鬆寫出好作文！

當大考學科同分時，作文就成為比序的關鍵。
無論任何年齡層，不用出門補習、不用太深奧的學理，從名家散文入手，
理解閱讀地圖、掌握作文寫作技巧、同種類型的作文試寫，
搭配四格漫畫的情境插圖，**絕對讓你輕鬆寫好作文、拿高分。**

閱讀小撇步：

　　先將散文【原文】和【名篇賞析】仔細閱讀，對照書中提供的【閱讀地圖】（心智圖）上的關鍵字，圈選出原文裡相應的關鍵字，就能了解閱讀時應該掌握的重點，並且將重點化為關鍵字。心智圖的每個主幹（①②③④…），都是原文每個段落的「小主旨」。掌握以上撇步，詳細對照圖文，就能學習繪製心智圖的方法，協助理解文章的結構。

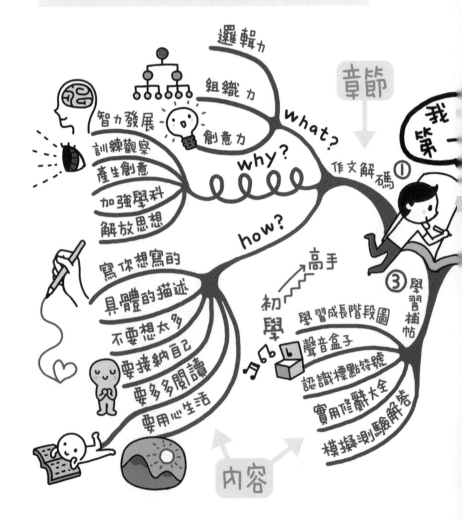

作者與文章指

名篇選讀

三大文體

夏丏尊

風　思鄉

百馬湖之冬

幽默的叫賣聲　夏丏尊

名實相符　名實不符

記敘文

貓　鄭振鐸

養貓心路　良知

歌聲　朱自清

想像力　移覺

綠　朱自清

梅雨潭　綠之美

抒情文

翡冷翠山居閒話　徐志摩

第二度的青春　梁遇春

大自然　自由

海燕

人生之愁　希望

鄭振鐸

勇敢　鄉愁

議論文

二十四孝圖　魯迅

論雷峰塔的倒掉　愚孝　破傳統

書　朱湘

魯迅　破傳統

白蛇傳

論人生　盧隱

吹牛的妙用

諷刺吹牛　崇尚踏實

(3)

一套增強功力的讀心術

最近流行的心智圖，透過了樹枝狀的層次，勾勒出我們的對周遭人事物的看法和自己的想法，而高詩佳老師《我的第一本作文書》，則兼顧了作文解碼及學習補帖，把自己的想像、觀察與閱讀學習結合起來，既可以好好品味，又可以照表操練。

過去有一陣子，基試的國文試題沒出作文，但是老師們發現學生的語文表達能力大為低落。可見作文不但是國語文的一個考科，也是生活在社會中，表情達意重要的一環。這本作文書不但是讓人讀得懂的作文秘笈，其高明之處在於能向新文學的大師取經，將白話的俏皮洗鍊，融入散文大師的儒雅熱情。例如夏丏尊的〈白馬湖之冬〉、鄭振鐸的〈海燕〉和徐志摩的〈翡冷翠山居閒話〉等。讓青年學子置身於漫畫般的享受中，逐步踏上作文的黃金階梯。

此外，由於作者具有豐富的第一線作文教學經驗，在寫作與閱讀的引導上層次分明，很能從日常具體的話題著手，帶入作文的要領。因此，無論是信手展讀，或是小組討論、課堂學習，這本書都是不錯的入門手冊。期盼學子能從此愛上寫作與閱讀，拓展自己的思考空間。

北一女中教師

歐陽宜璋

漫步在經典文學的花園，談寫作

記得小學四年級時，在一個無聊的午後，我爬上父親的書架，四處尋找可以打發時間的書。忽然，有個奇特的書名引起我的興趣──《駱駝祥子》。這作者的名字也很怪，叫做「老舍」。一看作者簡介說：「生於1899年2月3日，深受五四運動的影響……」啥？那麼老！更令人覺得好奇。於是我一頭埋進「祥子」的人生，閱讀小說中精采的文字，陪著他受苦，也陪著他歡樂。

從此以後，我深深地愛上「這個年代」的「老作家」，覺得「薑是老的辣」！有很長的時期都專找這些經典文學來讀，小小年紀，寫作能力竟也迅速提昇了。

我知道，每部經典都能餵養我們貧瘠的心，與老舍年代接近的徐志摩、朱自清、魯迅、夏丏尊、鄭振鐸……這些哲人已遠去，但他們留下的不朽作品，卻在我心裡發芽、生根，啟發我的思想、安頓我的心靈，引領我認識世界。我已迫不及待要將這些經典文學介紹給學子們。

自2009年6月始，筆者開始進行「中文作文」的師資培訓與演講，之後一場接一場，足跡廣及全國各國小、國中、高中、大學，乃至補習班，短短一年餘，累積了五十多場。當我有機會面對許多老師、家長與學生時，最常被問到的問題就是：「我們的學生該讀些什麼？」或是：「怎樣才能從閱讀中學習寫作？」

其實根據筆者十餘年的教學經驗，閱讀，並不只是把文章「看完」而已，閱讀時還必須同步進行「思考」和有效率的讀，才能讀出「效果」：閱讀的文章更需要經過謹慎挑選，所以我決定著手為學子選擇幾篇好文章。時常回顧這些優秀作品，我們必然能收穫滿滿。

《圖解：我的第一本作文書》，精選多篇散文大師的不朽作品。這些文章有的傳達對於美好世界的嚮往，有的表現對人生和自我的省思，也有抒發對生活的品味和體驗。筆端蘊含濃濃的情意，讓我們透過文字，彷彿見到魯迅雙目炯炯有神，以熱情的聲調鼓勵

我們創新思想：彷彿見到徐志摩熱愛生命、嚮往大自然和對山林的沉醉；也見到鄭振鐸對小動物的愛惜，語重心長地呼籲我們要尊重生命……。

　　透過文字，我們將與大師進行一場心靈之旅。隨著大師的腳步，漫步在經典文學的花園裡，在每一次的閱讀中，得到不同的成長與啟發。

　　本書以淺顯易懂的文字，精妙地解析散文作品，每篇文章都有閱讀地圖（Mind Map）指引讀者，幫助你掌握重點，用「聯想」來記憶文章的內容、結構、思想、意義，並有「知識加油站」和「模擬測驗」，以鍛鍊國語文能力。文章搭配插畫家繪製的精美圖畫，讓經典文學添上彩翼，飛進我們的綺麗童年，也飛進學子的想像世界。閱讀這本書，我們將與大師一同在文學中體驗人生，向大師學習「如何寫作」。

彰化縣立二林高中（彰化）演講

東吳大學師培中心（台北）演講

全球模考（台北）心智圖作文師資培訓

目錄CONTENTS

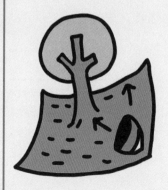

作文解碼

基本觀念

一、作文是什麼？

作文是什麼？當所有的報章、新聞、師長、朋友告訴你：「作文很重要！」、「寫好作文就有競爭力！」時，你會不會在腦海中浮起這樣的疑問？

在寫作文的過程，其實是一連串生理與心埋的活動，強調的是文字在寫作中的組織、剪裁、觀察與想像。比起說話，寫作更優美、更複雜許多，除了要寫出精練的句子、按題目要求蒐集寫作材料，還要注意段落結構的安排、有條理的敘述事件，並運用各種修辭來美化句子，以提升文章的美感。

寫作，是一種結合邏輯思考、組織表達、創意想像等能力的綜合訓練。因此，當書寫活動結束後，你就能獲得邏輯力、分析力、創意力與美感，幫助自己整理思緒，做個思考成熟的人。

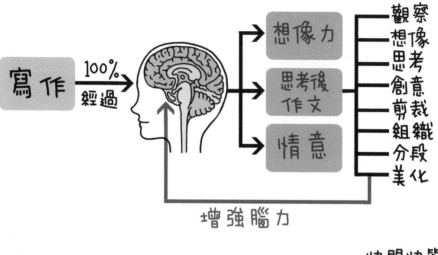

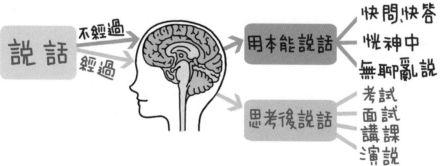

圖1-1　寫作和說話的比較

二、為何要寫好作文？

當你拿到這本有精彩文章和美麗圖畫的書後，除了要知道「作文是什麼」，還要了解我們「為何要寫好作文」？

寫作並不是像寫英文、數學考卷，一定要有標準答案；相反的，寫作沒有標準答案和公式。如果你曾聽過：「作文需要公式」、「作文需要背誦」的想法或口號，請你先快快將耳朵遮住，先別讓這些想法或口號進入你的腦海中。試問，你可曾見過李白寫詩是按照公式寫的？即使是「詩聖」杜甫寫詩，他所追求的工整，也只是想符合格律，而詩的內容仍然是詩人自己自由發揮。

寫作也不是為了應付父母和老師，而是你對生活的觀察和思考的一種方式，能幫你更精確的表達想法，講話不會使他人誤解；可以訓練頭腦，讓你變得更聰明，使各學科的學習成效更好！例如：增加你對數學、社會應用題的理解，或使英文翻譯能力提升。

總之，現在正是你為自己人生打基礎的時候，應該把握機會，加強寫作能力！

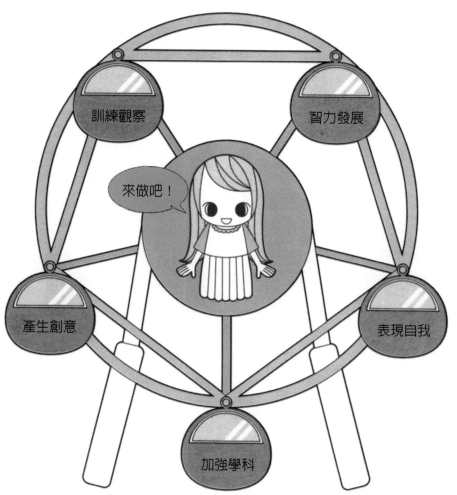

圖1-2　寫作文的好處

三、寫好作文的方法

1.寫你想寫的

生命充滿變化，有些人喜歡幻想、有些人心情沮喪、有些人突然遇到驚喜的事，這些生活中的火花，使我們想與人分享，藉著分享，使自己的心靈得到淨化。偶爾想獨處時，提起筆來，將所思所想寫成文章，將文章自斟自賞一番，或是和朋友共賞，這都是美好的事。

你應該寫出自己想寫的東西，將想像力和創意，盡情的發揮在文字之間。寫作時，不會因為想像力太豐富，而受到他人的責備。寫作時，允許你自由的幻想，可以穿越過去和未來，可以上到宇宙，也可以周遊世界各地。藉著寫作，你便有了情感的寄託。

寫作的世界是自由的，所以當你想到什麼，就勇敢的寫出來吧！

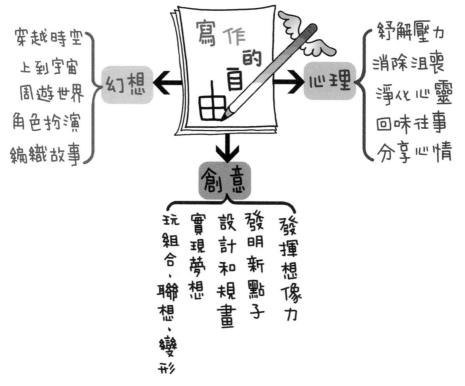

圖1-3　寫作的自由

2.具體的描述

太平淡的描寫、太簡略的形容，無法持續地觸動人心，寫文章一定要有具體的描寫。描寫，就是描繪和摹寫，把人物、事件、環境和特徵刻畫出來的一種寫作方式。

「描寫」，需要有如神探般的觀察力和想像力，才能將筆觸擴展到細微的地方，同時透過「聯想」，將眼睛所見的事物與心中的想像結合，再用比喻和形容詞化為文字書寫出來。

例如，當你寫到「花」的時候，記得寫清楚那朵花是「玫瑰花」，還是「百合花」；寫「鳥」的時候，記得寫清楚是「麻雀」，還是「九官鳥」，並描述牠們的羽毛、眼睛、腳爪等特徵。你可以練習把「名詞」變成「形象」，將它們的屬性列出來，才能培養細膩的觀察力。

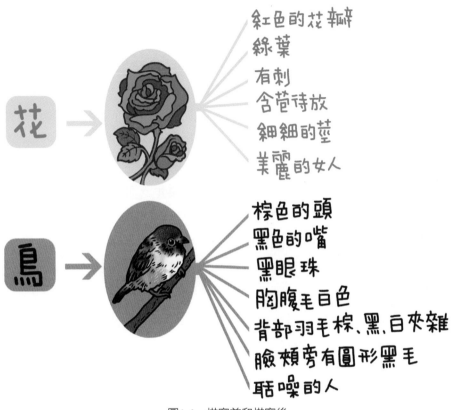

花 → 紅色的花瓣
綠葉
有刺
含苞待放
細細的莖
美麗的女人

鳥 → 棕色的頭
黑色的嘴
黑眼珠
胸腹毛白色
背部羽毛棕、黑、白夾雜
臉頰旁有圓形黑毛
聒噪的人

圖1-4 描寫前和描寫後

3.不要想太久

　　寫作文最怕「沒有想法」。常有同學寫作文無法下筆，坐在桌前發呆良久，師長問了幾次，才吞吞吐吐的說：「我沒有想法。」然而，一個人對事情沒有任何想法，也沒有任何感覺，是不可能的！人不是機器人，需要被人一個口令、一個動作的操控，所以，當你遇到什麼事或見到什麼現象，一定會有想法和感受。

　　在日常生活中，當你看到不公平的事情發生，心中一定會激起「正義感」，如果有能力，就會衝上前去幫忙，並對眼前發生的事有自己的看法；當你看到道路兩旁綻放的櫻花，看到粉紅色的花瓣如雨點般落下，落入土裡，你會覺得這片景象「太美了」，同時又覺得「惋惜」，為花朵的凋零感到可惜。所以，人隨時隨地都有想法，你只要將它「寫出來」。

　　寫作不要想太久，因為靈感稍縱即逝，要用最快的速度回憶自己經歷過或是看過、聽過的事。現在，我們就從「生日禮物」開始試著想想該如何寫作吧！

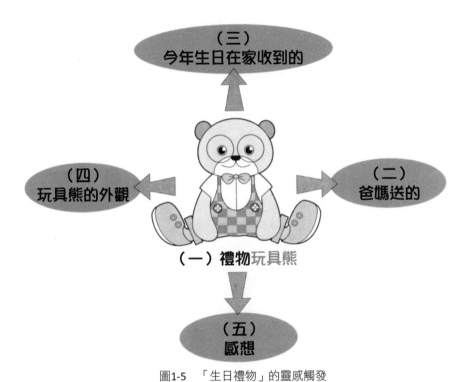

圖1-5　「生日禮物」的靈感觸發

4.要接納自己

要有面對寫出「爛文章」的勇氣！要知道，有時我們會寫出幾篇爛文章，就算成名的作家也不例外。有的人因為一次作文寫不好，就從此對作文產生恐懼，自暴自棄，事實上，哪有這麼嚴重？寫作就是娛樂自己、娛樂他人，即使為了作業、考試、比賽而寫，也要保持健康的心態，持續創作。

就好像在練武功，總得從站穩馬步開始學，有些師傅甚至要求徒弟「未打人，先學挨打」；學任何武功前，得先學會醫治自己的傷。而寫好作文也需要不斷的經驗「累積」。

接納自己的文章吧！一位進步的寫作者，能接納自己可能犯錯，也能接納他人的建議，並尋求更好的解決方法。文章寫不好，沒什麼關係！只要持續練習、累積經驗，「爛文章」就會慢慢變成「好文章」。

好文章

檢討
思考
修改
訂正
參考好文章

作文×N次

檢討
思考
修改
訂正
參考好文章

爛文章

作文

作者

圖1-6　寫好作文需要「累積」

5.要多多閱讀

除了建立好寫作的心態，還要外在的養分才能滋養你，讓你寫出充實的內容——那就是「閱讀」。平時要多多閱讀，想要寫作卻不閱讀的人，就像棒球投手對他的對手和隊友漠不關心，只顧投自己的球。所以，平時要多欣賞別人的作品，才能得到許多心得與寫作技巧，進而應用在自己的寫作上。

多閱讀也是國文科加分的不二法門。國中階段的國文科學習，是以養成閱讀態度和習慣為主。閱讀能使你的視野更廣，俗話說：「秀才不出門，能知天下事。」你可以多多參考文學作品，體會作家是怎麼寫的。

別的學科都有教材範圍，唯讀國文科沒有，閱讀需要平時的累積，才能養成「造詣」和「內涵」。如果你即將面臨基測、學測，準備眾多學科都來不及了，還要大量閱讀，這簡直是不可能的事！所以，不如平常多留意身旁的廣告、對聯、新聞和課外讀物，保持一顆好奇的心就可以了。

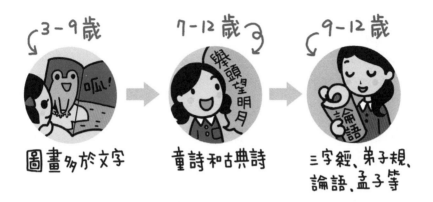

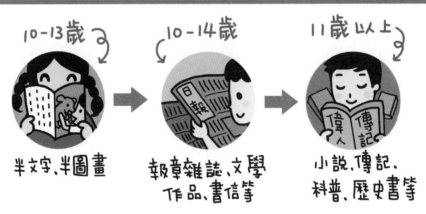

圖1-7　從小到大,我們該怎麼讀?

6.要用心生活

　　作家朱湘在他的散文〈書〉中勸我們：「不如趁著眼睛還清朗，鬢髮尚未成霜，多讀一些『人生』這本書罷！」就是提醒我們不要死讀書，整天只關在小房間用功，卻忘了好好的體驗生活。

　　現今國中基測作文的命題，都強調以考生的日常生活經驗為主，舉凡時事、標語、廣告、網路語言等，都可能成為命題的題材。你可以養成每天讀報紙或短文的習慣，但是不必刻意蒐集艱澀的材料，因為大考的作文命題，一定是從日常生活尋找，也會考慮考生的家庭環境。

　　總之，與其閱讀單調的作文練習本，不如詳讀本書的十二篇大師作品，運用書中的各種練習，學習寫作技巧和思考，作文力自然與日俱增。

媽媽的一隻手按著胸口，另一隻手舉向大家，滿臉陶醉的樣子，開心地唱著歌兒。

哥哥生氣了，他的眉毛直立起來，腳用力地踏著地板，怒氣沖衝地向我走過來。

小明一邊哭，一邊用手捶著地板，非常傷心的樣子，因為他考了最後一名。

我看了蠟筆小新的卡通影片，忍不住抱著肚子哈哈大笑，躺在地上打滾。

圖1-8　作文材料來自對生活的感受

名篇選讀

內　容　技　巧

一、愛說故事的記敘文

傳說有位國王痛恨女人，發誓每晚要跟一個女人結婚，天亮就將她處死，到最後，民間已經找不到女人和國王結婚了。宰相的女兒不忍心，於是不顧父親反對，自願嫁給國王。那天晚上，她講故事給國王聽，天亮時故事還沒說完，她理當就要被處死了，但國王為了聽到故事結局，只好暫時不殺她。以後每晚都是故事沒講完，天就亮了，這樣夜復一夜，故事無窮無盡，一直講到第一千零一夜，終於感動了國王，得到真愛。

善良的少女夜復一夜地講出《一千零一夜》的故事，不但救了自己的命，也扭轉了國王的人生，得到真愛，這就是故事的力量。故事，就是將事情從頭到尾敘述出來，類似記敘文的寫法。

記敘文，是我們寫作時最常接觸，也最熟悉的文體，它可以記錄人、事、景、物，按照事情的開頭、發展、過程和結果來敘述，也是同學最常用的寫作方式。

記敘，就是「說事情」。我們平常不論是看漫畫、卡通、電影或聽故事，其實都是在觀賞和聆聽別人如何「說事情」，所以敘述事情的方法，我們一點也不陌生。

而記敘文可以用來寫哪些題材的文章呢？

記敘文有四種常用的主題，分別是寫人、記事、寫景和狀物。寫人物的題目如「我的好朋友」、「我的父親」；寫物品的題目如「夢幻便當」、「一張舊照片」；寫事情的題目如「最害怕的事」、「上

學途中」；寫景物的題目如「遊記」、「畢業旅行」等。你看，這些題目是不是很常見？

二、記敘文的四種寫法

熟悉方法，就能聰明的完成一件事。寫好記敘文有四種方法，它們是：順敘、倒敘、插敘和補敘。

順敘，就像我們拆禮物，要按照順序打開一層層的包裝紙，最後才真相大白；只要按事情發生的先後順序來敘述就好。如「上學途中」，是從早上起床，寫到抵達學校途中的所見所聞。所以，一定要抓住最重要和有特色的事情來寫。

順敘：起因→經過→結果

倒敘，就像電影預告片，會先告訴你一點點結局，然後開始講故事的來龍去脈，最後點出真相。把事件的結局或最精采的一段，拿到文章最前面，以引起讀者的注意，接著按照事件的發展順序寫完。

倒敘：結果→起因→經過→結果

插敘，就像人生偶然出現的「意外插曲」，可以帶給人驚奇的效果。在敘述某件事時，依照情節的需要，插入其他相關、次要的小事情，製造一點驚喜，然後，再繼續把主要的事件講完。

插敘：起因→經過→片段→經過→結果

　　補敘就像一部推理小說，總愛先把一、兩件線索隱瞞起來，最後才告訴你答案。在敘述事情的經過時，故意不說明幾件相關的小事，而放在最後才補充，可以讓結局更精采，讓故事更完整。

　　補敘：起因→經過→（結果＋補充的小事）

三、記敘文的段落安排

　　想寫好記敘文，就要有很好的邏輯，按照事情的發展順序來安排段落。一般記敘文的段落結構是：

段落	一	二	三	四
順序	原因	經過		結果
內容	點出起因	發展情節	高潮轉折	結果感想

　　事情的起點，要在文章一開始就寫出來，才能讓人了解後面的內容。接著鋪陳事件經過，這是文章最精采的部份，所以選擇的事情一定要有代表性。等寫到事情最精采之處，就再另起第三段詳細敘述，就叫做轉折。最後交代事情的結果，寫出你的想法和看法，或加入感想、希望、祝福，以表達自我或對未來的期盼。

結果	經過	原因
感想是什麼？	發生了哪些事？	為什麼要去？

記敘文的段落安排

名篇選讀

1.白馬湖之冬

▶認識名家

夏丏尊（1886-1946年），本名夏鑄，字勉旃[1]，號悶庵，浙江上虞人。他不但是文學家，更是一位有理想、有抱負的教育家，一生以從事教育為志向。

夏丏尊曾翻譯義大利人亞米契斯的名著《愛的教育》（The Heart of a Boy）[2]，是世界公認最富愛心和教育性的讀物。他在譯者序中說：「教育沒有了情愛，就成了無水的池，任你四方形也罷，圓形也罷，總逃不了一個空虛。」他認為，任何教育的出發點，都應是為了「愛」。

他的散文以白描[3]為主，看來好像沒什麼精妙的技巧，其實他把「技巧」巧妙地隱藏在平實的文字中；文章處處能見到溫暖的人間情懷，給人淳樸之情和充實的力量。風格被稱為「白馬湖派」。

作品有《平屋雜文》、《文章作法》、《現代世界文學大綱》、《閱讀與寫作》、《夏尊選集》、《夏尊文集》；譯有《愛的教育》、《近代日本小說集》等書。

▶題解

白馬湖，位於浙江省上虞縣西北面。夏丏尊先生是在1921年於

1　旃：ㄓㄢ。
2　愛的教育：作者義人亞米契斯（Edmondo de Amicis），藉一個小男孩的眼光，紀錄學校生活的點滴，傳達可貴的教育性。
3　白描：簡單的敘述事物的輪廓，不需任何裝飾，也不用典故。

〈白馬湖之冬〉提到的春暉中學教書。當時他生活在內憂外患的中國，同期的作家們都避難到江南，他也離開了白馬湖十年，住在上海，這期間就寫成〈白馬湖之冬〉，用平易親切的白描法，追述從前在白馬湖所見的冬天景色和生活，表現對故鄉的留戀。

▶原文

　　在我過去四十餘年的生涯中，冬的情味⁴嘗得最深刻的，要算十年前初移居白馬湖的時候了。十年以來，白馬湖已成了一個小村落。當我移居的時候，還是一片荒野，春暉中學的新建築巍然⁵矗立⁶於湖的那一面，湖的這一面的山腳下是小小的幾間新平屋⁷，住著我和劉君心如兩家。此外兩、三里內沒有人煙。一家人於陰曆十一月下旬從熱鬧的杭州移居於這荒涼的山野，宛如投身於極帶⁸中。

　　那裡的風差不多日日有的，呼呼作響，好像虎吼。屋宇雖係新建，構造卻極粗率⁹，風從門窗隙縫中來，分外尖削。把門縫窗隙厚厚地用紙糊了，椽¹⁰縫中卻仍有透入。風颼得厲害的時候，天未夜就把大門關

4　情味：情趣、意味。
5　巍然：巍，ㄨㄟˊ。高大壯觀的樣子。
6　矗立：矗，ㄔㄨˋ。高聳直立。
7　平屋：平房。
8　極帶：比喻荒涼的地方。
9　粗率：簡陋。
10　椽：ㄔㄨㄢˊ，架在桁（ㄏㄥˊ）上用來承接木條及屋頂的木材。

上，全家吃畢夜飯即睡入被窩裡，靜聽寒風的怒號[11]，湖水的澎湃[12]。

靠山的小後軒[13]，算是我的書齋[14]，在全屋子中是風最少的一間，我常把頭上的羅宋帽[15]拉得低低地在油燈下工作至深夜，松濤如吼，霜月當窗，饑鼠吱吱在承塵上奔竄。我於這種時候，深感到蕭瑟[16]的詩趣，常獨自撥劃著爐火，不肯就睡，把自己擬諸山水畫中的人物，作種種幽邈[17]的遐想。

現在白馬湖到處都是樹木了，當時尚一株樹木都未種，月亮與太陽卻是整個兒的，從山上起直要照到山下為止。在太陽好的時候，只要不颳風，那真和暖得不像冬天。一家人都坐在庭間曝日[18]，甚至於喫[19]午飯也在屋外，像夏天的晚飯一樣。日光曬到那裡，就把椅凳移到那裡。忽然寒風來了，只好逃難似地各自帶了椅凳逃入室中，急急把門關上。在平常的日子，風來大概在下午快要傍晚的時候，半夜即息。至於大風寒，那是整日夜

---

11 怒號：號，ㄏㄠˊ。大聲呼嘯，多用來形容大風狂吹。

12 澎湃：ㄆㄥ ㄆㄞˋ，波濤相衝擊的聲音或氣勢。

13 軒：小房間。

14 書齋：齋，ㄓㄞ。書房。

15 羅宋帽：羅宋，舊時上海人對俄國的稱呼，來自Russian（俄語）。羅宋帽是俄國流行的帽子款式。

16 蕭瑟：瑟，ㄙㄜˋ。寂靜冷清。

17 邈：ㄇㄧㄠˇ，遙遠。

18 曝日：曝，ㄆㄨˋ。曬太陽。

19 喫：吃。

狂吼，要二、三日才止的。最嚴寒的幾天，泥地看去慘白如水門汀[20]，山色凍得發紫而黯[21]，湖波泛著深藍色。

　　下雪原是我所不憎厭的。下雪的日子，室內分外明亮，晚上差不多不用燃燈。遠山積雪，足供半個月的觀看，舉頭即可從窗中望見。可是究竟是南方，每冬下雪不過一、二次，我在那裡所日常領略的冬的情味，幾乎都從風來。白馬湖的所以多風，可以說是有著地理上的原因的，那裡環湖原都是山，而北首卻有一個半里闊的空隙，好似故意張了袋口歡迎風來的樣子。白馬湖的山水，和普通的風景地相差不遠；唯有風卻與別的地方不同。風的多和大，凡是到過那裡的人都知道的。風在冬季的感覺中，自古占著重要的因素，而白馬湖的風尤其特別。

　　現在，一家僦[22]居上海多日了，偶然於夜深人靜聽到風聲的時候，大家就要提起白馬湖來，說：「白馬湖不知今夜又颳得怎樣厲害哩！」

---

20 水門汀：汀，ㄊㄧㄥ。水泥，為英語cement的音譯。
21 黯：ㄢˋ，深黑色。
22 僦：ㄐㄧㄡˋ，租賃。

▶閱讀地圖

圖2-2　白馬湖之冬

提示：文章分三部分，先從白馬湖談作者的家和當地環境。再從地理環境迎風，
　　　形容風聲、風吹的時間和情狀，及無風時的家庭生活。最後提及當地雪
　　　少，所以對冬天的印象是「風」，而不是雪。

白馬湖旁只住著我和劉心如兩家，此外，兩三里內沒有人煙。

風，吹得窗欞呼呼作響，好像「虎吼」。

風吹的日子，霜月當窗照，饑餓的老鼠也吱吱地在樹枝上奔竄。

在下雪的日子，舉頭即可望見窗外的雪花落下。

▶名篇賞析

〈白馬湖之冬〉的寫法可分三個部份，開頭是「回憶法」，中間是「寫景法」，結尾用「對話法」。

回憶法是在文章開頭用回憶的方式，追述過去的事情或抒發情感，帶人走入時光隧道，重現當時的情境。如：「在我過去四十餘年的生涯中，冬的情味嘗得最深刻的，要算十年前初移居白馬湖的時候了。」讓讀者自然的融入情境。

寫景法是在文章中配合作文主旨，純粹寫景，按照景物的顏色、聲音和空間次序等，具體的描寫。如：「最嚴寒的幾天，泥地看去慘白如水門汀，山色凍得發紫而黯，湖波泛著深藍色。」中段，有大量對白馬湖、作者的家和當地氣候的描寫，描述地理特色是為了說明白馬湖多風的原因。

接著，作者對「風」用各種角度來寫，用擬人法「虎吼」、「怒號」等，來形容風聲；描述風吹的景象、山色等靜態環境的變化；再說無風的時候，作者一家在庭間吃飯的景象，及風起時全家躲入屋內的模樣，這些描述將「白馬湖的風」生動的呈現在讀者面前。

對話法是在結尾利用人物的對話表現主題，可將主旨突顯出來，製造活潑生動的效果。如：「偶然於夜深人靜聽到風聲的時候，大家就要提起白馬湖來，說：『白馬湖不知今夜又颳得怎樣厲害哩！』」點出主題其實是白馬湖的「風」。

風在冬季的印象中，原本就扮演戲份吃重的角色，而本文的風尤其特別。作者不寫冰雪，也不寫嚴霜，唯獨寫「風」，敘述生活小事，使通篇瀰漫一種「平易見真情」的情愫。讀了本文，細細地咀嚼它雋永的情味後，常會激起內心深處的共鳴。

作者對白馬湖之冬充滿懷念，其實人生往往如此，總在事過境遷以後，才又對某個人、某些事深深的眷戀緬懷；然而，逝者如斯夫，往事只能放在心中回味，隨著時光的距離更顯美好。

▶知識加油站

修辭散步

1. 襯托：用另一事物和主要事物相襯，以表現主要事物的特色。作者寫暖和的冬日，主要是用來襯托風的急勁，而寫冬日的雪也是用來襯托風。

2. 摹寫：「饑鼠吱吱在承塵上奔竄」（摹聲）；「慘白如水門汀、山色凍得發紫而黯」、「湖波泛著深藍色」（摹色）。

3. 譬喻：「宛如投身於極帶中，呼呼作響，好像虎吼、松濤如吼。」宛如、好像、如等，都是譬喻的「喻詞」。

4. 擬人：把不是人的物形容得像人。如「寒風的怒號」、「至於大風寒，那是整日夜狂吼」、「慘白如水門汀」、「山色凍得發紫而黯」。

5. 排比：排列兩個或以上字數、結構類似的句子，如：松濤如吼，霜月當窗。

延伸閱讀

〈白馬湖之冬〉將焦點著墨在「冬天的風」，由風的寒冷、澎湃、風對主角的影響，側面描繪白馬湖的冬天景況。類似的寫法有漢代的樂府詩〈江南可採蓮〉：

　　江南可採蓮，蓮葉何田田，魚戲蓮葉間。魚戲蓮葉東，魚戲蓮葉西，魚戲蓮葉南，魚戲蓮葉北。

　　詩說江南地方風景好，可以划船在水上採蓮子，滿池的蓮葉又青又圓。魚兒在蓮葉間嬉戲，東、西、南、北，到處都是牠們的身影。按理說，蓮花應該是最美的「嬌點」，但這裡卻不寫蓮花，只寫蓮葉，暗指蓮葉尚且可愛，蓮花的美就更不用說了！

　　一般寫冬天，往往著重寫冬天的各種景物和氣候，然而〈白馬湖之冬〉卻專寫「風」，冬風冷冽，白馬湖的冬天就更不必說了，和本詩有異曲同工之妙。

▶模擬測驗

一、選擇題：

（　　）1. 下列選項「　」中的字，何者讀音正確？　(A)「矗」立，ㄙㄨㄥˇ　(B)「椽」筆，ㄩㄢˊ　(C)「澎」湃，ㄆㄥˊ　(D)「僦」居，ㄐㄧㄡˋ。

（　　）2. 下列「　」字詞，何者意思正確？　(A)「田田」，甜蜜　(B)「邈」，遙遠　(C)「巍然」，嚴肅的樣子　(D)「僦」，移居。

（　　）3. 白馬湖的風為什麼急勁、寒冷？因為白馬湖　(A)環湖皆山，北首有隙　(B)位在背風處　(C)四面皆山，宛如深谷　(D)樹木很少。

（　　）4. 〈白馬湖之冬〉的作者主要想告訴我們什麼？　(A)對故鄉的眷戀　(B)白馬湖的風很大　(C)白馬湖的夜晚很吵雜　(D)白馬湖的環境不適合人住。

（　　）5. 下列哪個字詞可以用來形容「顏色」？　(A)邈　(B)橡　(C)黯　(D)曝。

二、非選擇題：

作文題目：

　　想一想，台灣冬天的氣候特點有哪些？有什麼氣候現象或植物，可以代表台灣的冬天？過冬時，你的生活有什麼變化？你在冬天時會有什麼活動？冬天帶給你什麼感覺？南方的冬與北方的冬，有不同嗎？請以「○○的冬天」為題（○○為地名），寫一篇結構完整的文章。

作文提示：

學大師寫作：這是半開放式題目，要選一個地方描寫當地的冬天，取材時，選氣候變化較大的地方更好，較有描寫空間。開頭：彷彿跨越時空，先描述過去在當地感受冬天的情況，將當時所見到的環境、氣候、人事景況加以描繪，交代當地冬天的特色，與後文製造今昔對比的效果。段落：脫離過去的回憶，將時序拉到現在，以寫景為主，按照景物（動植物和人）的活動、色彩、聲音等等情狀，具體描寫出來，也交代現在冬天的氣候變化、形成的原因，以及與過去氣候有何不同。結尾：透過人物對話傳達你對冬天的感想，是一種小說式的表現，比起平舖直敘老套的感想結語，這種寫法較為生動。

2.幽默的叫賣聲

▶認識名家

夏丏尊（1886-1946年），本名夏鑄，字勉旃[1]，號悶庵，浙江上虞人。他不但是文學家，更是一位有理想、有抱負的教育家，一生以從事教育為志向。

夏丏尊曾翻譯義大利人亞米契斯的名著《愛的教育》（The Heart of a Boy）[2]，是世界公認最富愛心和教育性的讀物。他在譯者序中說：「教育沒有了情愛，就成了無水的池，任你四方形也罷，圓形也罷，總逃不了一個空虛。」他認為，任何教育的出發點，都應是為了「愛」。

他的散文以白描[3]為主，看來好像沒什麼精妙的技巧，其實他把「技巧」巧妙地隱藏在平實的文字中；文章處處能見到溫暖的人間情懷，給人淳樸之情和充實的力量。風格被稱為「白馬湖派」。

作品有《平屋雜文》、《文章作法》、《現代世界文學大綱》、《閱讀與寫作》、《夏尊選集》、《夏尊文集》；譯有《愛的教育》、《近代日本小說集》等書。

▶題解

〈幽默的叫賣聲〉，出自夏丏尊《平屋雜文》散文集。這些文章

---

[1] 旃：ㄓㄢ。
[2] 愛的教育：作者義人亞米契斯（Edmondo de Amicis），藉一個小男孩的眼光，紀錄學校生活的點滴，傳達可貴的教育性。
[3] 白描：簡單的敘述事物的輪廓，不需任何裝飾，也不用典故。

都寫於1932-1935年，當時正是中國對日抗戰的艱苦時期。夏丏尊先生觀察到兩種社會現象：一是賣臭豆腐的誠實，二是賣報紙的滑稽，而寫成一篇精闢的散文。這兩種社會現象都是一般民眾的生活小事，但作者以小觀大，表面上寫的是小販叫賣，卻蘊含了作者對人事現象的體會和諷刺，內容十分發人深省。

▶原文

　　住在都市裡，從早到晚，從晚到早，不知要聽到多少種類、多少次數的叫賣聲。深巷的賣花聲是曾經入過詩的[4]，當然富於詩趣，可惜我們現在實際上已不大聽到。寒夜的「茶葉蛋」、「細砂粽子」、「蓮心粥」等等，聲音發沙[5]，十之七八似乎是「老槍」[6]的喉嚨，睏[7]在床上聽去頗有些淒清。每種叫賣聲，差不多都有著特殊的情調。

　　我在這許多叫賣者中，發現了兩種幽默家。

　　一種是賣臭豆腐干的。每日下午五六點鐘，弄堂口[8]常有臭豆腐干擔[9]歇著或是走著叫賣，擔子的一頭是油鍋，油鍋裡現炸著臭豆腐干，氣味臭得難聞。賣的人大叫「臭豆腐干！」「臭豆腐干！」態度自若。

4　入過詩：以賣花聲為題材寫的詩。

5　發沙：聲音沙啞。

6　老槍：老菸槍。

7　睏：ㄎㄨㄣˋ，睡。

8　弄堂口：小巷子口。

9　擔：ㄉㄢˋ，用扁擔所挑的物品。

　　我以為這很有意思。「說真方[10]，賣假藥」，「掛羊頭，賣狗肉」[11]，是世間一般的毛病，以香相號召的東西，實際往往是臭的。賣臭豆腐干的居然不欺騙大眾，自叫「臭豆腐干」，把「臭」作為口號標語，實際的貨色真是臭的。言行一致，名副其實[12]，如此不欺騙別人的事情，怕世間再也找不出了吧！我想。

　　「臭豆腐干！」這呼聲在欺詐橫行的現世，儼然是一種憤世嫉俗的激越的諷刺！

　　還有一種是五雲日升樓[13]賣報者的叫賣聲。那裡的賣報的和別處不同，沒有十多歲的孩子，都是些三四十歲的老槍癟三[14]，身子瘦得像臘鴨[15]，深深的亂頭髮，青屑屑的煙臉，看去活像個鬼。早晨是不看見他們的，他們賣的總是夜報。傍晚坐電車[16]打那兒經過，就會聽到一片發沙的賣報聲。

　　他們所賣的似乎都是兩個銅板[17]的東西（《新夜報》、《時報》、《號外》之類）。叫賣的方法很特別，他們不叫「剛剛出版××報」，卻把價目和重要新

---

10 方：藥方。醫生診治時所開的處方單。

11 掛羊頭，賣狗肉：比喻表裡不一。

12 名副其實：名聲或名稱與實際相符合。

13 五雲日升樓：舊時上海市南京路上的老茶館。

14 癟三：癟，ㄅㄧㄝ ˇ。流氓、無賴。

15 臘鴨：鹽漬成的乾鴨。這裡形容人乾瘦的樣子。

16 電車：以電為動力，行駛於都市中的公共交通工具。

17 兩個銅板：一份報紙的價格。

聞標題聯在一起，叫起來的時候，老是用「兩個銅板」打頭，下面接著「要看到」三個字，再下去是當日的重要的國家大事的題目，再下去是一個「哪」字。「兩個銅板要看到十九軍反抗中央哪！」在福建事變起來的時候，他們就這樣叫。「兩個銅板要看剿匪[18]勝利哪！」在剿匪消息勝利的時候，他們就這樣叫。「兩個銅板要看到日本副領事在南京失蹤哪！」藏本事件開始的時候，他們就這樣叫。（註：1934年6月，日本宣布駐南京副領事藏本英明失蹤，企圖挑起事端，不料，隔天藏本就露面了。原來日本要他找隱蔽處自殺，但他下不了自殺決心，陰謀因而敗露。）

在他們的叫聲裡，任何國家大事都只要花兩個銅板就可以看到，似乎任何國家大事都只值兩個銅板的樣子。我每次聽到，總深深地感到冷酷的滑稽[19]情味。

「臭豆腐干！」「兩個銅板要看到×××哪！」這兩種叫賣者頗有幽默家的風格。前者似乎富於熱情，像個矯世[20]的君子，後者似乎鄙夷[21]一切，像個玩世[22]的隱士。

---

18 剿匪：消滅盜匪。
19 滑稽：ㄍㄨˇ ㄐㄧ，詼諧有趣的言語、動作。
20 矯世：矯，ㄐㄧㄠˇ。匡正世俗。
21 鄙夷：ㄅㄧˇ ㄧˊ，輕視、瞧不起。
22 玩世：玩，ㄨㄢˋ。輕視一切世事。亦指藐視禮法，縱逸不羈（ㄐㄧ）。

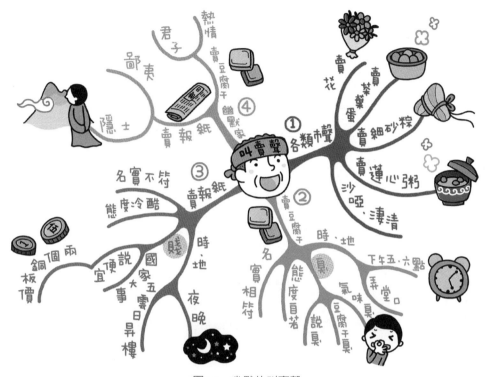

圖2-3　幽默的叫賣聲

提示：作者將賣豆腐干的和賣報紙的，作為對照組來比較。從他們買賣的時、
　　　地、口號、態度，反映前者「名實相符」、後者「名實不符」的差異，歸
　　　結出君子和隱士的兩種人生態度。

賣臭豆腐的挑著扁擔沿路叫賣。擔子一頭是熱油鍋，另一頭是現炸的臭豆腐。

老煙槍也沿路叫賣著，只是賣的是「夜報（即現代的「晚報」）」。

因為每份夜報只賣兩個銅板，所以他們叫賣著：「兩個銅板要看……」

……就這樣，「臭豆腐干！」、「兩個銅板……」，叫賣聲不絕於耳。

▶名篇賞析

　　〈幽默的叫賣聲〉主要談兩件事：一是「世間找不出不欺騙別人的例子」，指人間充滿詐欺現象；二是斥責某些「以香相號召的東西，實際往往是臭的」，指表裡不一的現象氾濫。用對照組來對比的目的是「揚善抑惡」，把敘述一般人生活百態的文章，提高到評論人的品質、道德、修養的主題，間接對人們提出警示。

　　在現今社會上，謊言滿天飛、如空氣般塞滿我們生活的時候，唯一誠實的，可能只剩下寓言故事〈國王的新衣〉中，那個敢於直言「國王沒穿衣服」的小孩了。

　　誠實已經變成稀有的寶物，有些人可能為了利益、為了便利，用謊言來包裹真相。相較之下，賣豆腐干的小販，毫不掩飾自己賣的商品是「臭的」，就相當難能可貴，試想，天底下哪個商人不誇耀自家的商品美又香呢？作者其實是以幽默的觀點來看待。

　　而賣報紙的叫賣聲，更突顯出再重要的國家大事，例如，事變、剿匪、抗戰，這些可能翻覆國家的事件，對於市井小民來說，似乎無關緊要的樣子；賣報小販的態度冷酷，語氣淡漠，似乎國事「只值兩個銅板」那樣便宜。

　　文章所提到的歷史「福建事變」，目的是反對蔣介石政府起事，由於沒有得到各方支持，次年一月，就被蔣介石以優勢兵力擊敗。這些權力的消長和易主，看似離老百姓很遠，人們也就採取「冷酷」的態度面對了，久而久之，社會容易成為冷漠的社會。

　　透過夏丏尊的筆，這兩種叫賣聲，呈現出兩種不同的人生態度，一是有如君子般熱情入世；一是有如隱士般看淡世事。不論君子或隱士，都是中國儒家思想所肯定的價值觀。

　　換個角度思考，文章同時告訴我們：當社會容得下真實時，詐騙集團將沒有容身之處；當人們更關心社會時，賣報的叫賣聲就不再諷刺了。

▶知識加油站

修辭散步

1.聽覺摹寫：寒夜的「茶葉蛋」、「細砂粽子」、「蓮心粥」等等，聲音發沙，十之七八似乎是「老槍」的喉嚨，睏在床上聽去頗有些淒清。

2.嗅覺摹寫：油鍋裡現炸著臭豆腐干，氣味臭得難聞。

3.視覺摹寫：都是些三、四十歲的老槍癟三，身子瘦得像臘鴨，深深的亂頭髮，青屑屑的煙臉，看去活像個鬼。

4.引用：「說真方，賣假藥」、「掛羊頭，賣狗肉」。

5.對比：以兩種不同的觀念或事物，互相比較對照，而其特徵更加明顯。如：「以香相號召的東西，實際往往是臭的。」

6.譬喻：前者似乎富於熱情，像個矯世的君子；後者似乎鄙夷一切，像個玩世的隱士。

延伸閱讀

　　〈幽默的叫賣聲〉提到：「住在都市裡，從早到晚，從晚到早，不知要聽到多少種類、多少次數的叫賣聲。深巷的賣花聲是曾經入過詩的……。」宋陸游的〈臨安春雨初霽〉一詩，就曾描寫賣花聲：

世味[23]年來薄似紗，誰令騎馬客京華[24]？

小樓一夜聽春雨，深巷明朝賣杏花。

矮紙斜行閑作草，晴窗細乳戲分茶。

素衣莫起風塵歎，猶及清明可到家。

陸游的七律〈臨安春雨初霽〉，寫於南宋孝宗淳熙十三年，當時他六十二歲，是在他前往擔任嚴州知府（今浙江建德）時，於杭州西湖的客棧等候時寫的。詩的意思是說：

世態人情，這些年來薄得像透明的紗，誰讓我還要騎著馬來客居京華呢？我獨自住在小客樓上，一整夜聽到春雨淅淅瀝瀝，明天早上，深幽的小巷中還會傳來賣杏花的聲音。我將短小的紙張斜著運筆，閑時便寫寫草書，在小雨初晴的窗邊，看著沏茶時水面呈白色的小泡沫，覺得有趣，便開始分辨起茶的等級。作為一個老百姓，別再興起建功立業的心思了，那只會像風塵沾污我的衣裳，等到清明節就可以回家了。

其中：「小樓一夜聽春雨，深巷明朝賣杏花。」前者說的是詩人因憂心而失眠，聽了整夜的雨；後者聽賣花聲的描寫，更顯出他平日生活的孤獨寂寞。

在南宋偏安時期，陸游這個寂寞老人，空有滿腔恢復宋室的壯志豪情，彷彿在這個深夜裡，被臨安的春雨給消磨殆盡了。

---

23 世味：指世態人情。

24 京華：國都所在。

▶模擬測驗

一、選擇題：

（　　）1. 〈幽默的叫賣聲〉一文，以為賣臭豆腐干的人是：　(A)名副其實　(B)愚笨可欺　(C)名不符實　(D)名不虛傳。

（　　）2. 「態度自若」一詞，表現出來的「態度」，與下列何者相反？　(A)泰然自若　(B)侃侃而談　(C)悠然自得　(D)三緘其口。

（　　）3. 「說真方，賣假藥」的意思是：　(A)廣告手法　(B)蓄意騙人　(C)語焉不詳　(D)誠實不欺。

（　　）4. 「儼然是一種憤世嫉俗的激越的諷刺」句中，「儼然」一詞不可以用何者代換？　(A)假如　(B)宛如　(C)好似　(D)很像。

（　　）5. 本文作者主要是在諷刺：　(A)大眾的愛國情緒　(B)客人的臭味相投　(C)小販的誇耀不實　(D)現世的欺詐橫行。

二、非選擇題：

作文題目：

　　有一家賣場的廣告，標榜他們沒有明顯的招牌、沒有亮麗的裝潢，因為他們是為了省下這些虛華的外表，以回饋消費者。可是那廣告卻花費昂貴的廣告費，在各有線電視頻道密集的播出。請你自訂題目，敘述身邊所聽到、看到的類似情況，並說出看法，寫成一篇文章。

作文提示：

學大師寫作：針對社會上的詐欺現象，譴責或諷刺這類表裡不一的現象，並且加以評論。開頭：先舉出反例，將賣場標榜省外在包裝的成本、回饋消費者，實際上砸大錢買廣告的情形敘述出來。段落：再舉正例，將真正節省成本回饋消費者的商家行為敘述出來，和上文對照，以突顯主題。以上都用夾敘夾議的方式書寫。結尾：呼應題目，用譬喻法，將反例的商家比喻成「偽君子」，正例的比喻為「真君子」。

名篇選讀

3.貓

▶認識名家

　　鄭振鐸（1898-1958年），筆名西諦（C.T.）、郭源新等。生於浙江溫州。是現代作家、文學史家、著名學者。他出生於貧苦的家庭，靠親友幫助入學讀書，最後靠著勤學苦讀，成為知名學者。

　　五四運動[1]期間，倡導新文化運動[2]。1922年1月，主編中國第一本兒童文學專刊《兒童世界》週刊，在創刊號上寫了童話《兔的幸福》，之後連續發表《太陽‧月亮‧風的故事》、《兩個小猴子的冒險記》、《花架之下》等童話，又翻譯《伊索寓言》等外國童話，是兒童文學的先驅。在1958年10月，鄭振鐸先生率領中國文化代表團，前往阿富汗等國家進行友好訪問時，因飛機失事不幸遇難。

　　作品有：《鄭振鐸文集》、《家庭的故事》、《桂公塘》、《中國文學論集》、《俄國文學史略》、《山中雜記》、《文學大綱》、《泰戈爾傳》、《中國文學史》、《中國通俗文學史》、《中國古代木刻史略》等書。

▶題解

　　〈貓〉，是鄭振鐸從事文學創作的早期作品，是一篇寓意深

1　五四運動：發生於1919年5月4日的中國北京，是以青年學生為主的學生運動，為了抗議政府未能捍衛國家利益，在列強面前示弱，因而上街遊行表達不滿。

2　新文化運動：20世紀早期中國文化界，有一群受過西方教育的人發起的革新運動，主要是提倡民主、科學和白話文。

刻、感情真摯的散文。鄭振鐸運用樸素的文字，生動傳神的敘述了家中養三隻貓的故事，寓意深刻、情感真摯，表達出同情弱小無辜的思想。閱讀本文時，要體會作者抒發的思想感情，從對貓的描寫，學習「細節描寫」對刻畫形象的作用，以理解文章所蘊含的深刻哲理。

▶原文

　　我家養了好幾次貓，結局總是失蹤或死亡。三妹是最喜歡貓的，她常在課後回家時，逗著貓玩。有一次，從隔壁要了一隻新生的貓來。花白的毛，很活潑，常如帶著泥土的白雪球似的，在廊前太陽光裡滾來滾去。三妹常常的，取了一條紅帶，或一根繩子，在它面前來回的拖搖著，它便撲過來搶，又撲過去搶。我坐在籐椅上看著他們，可以微笑著消耗過一二小時的光陰，那時太陽光暖暖的照著，心上感著生命的新鮮與快樂。後來這隻貓不知怎地忽然消瘦了，也不肯吃東西，光澤的毛也汙澀了，終日躺在廳上的椅下，不肯出來。三妹想著種種方法逗它，它都不理會。我們都很替它憂鬱。三妹特地買了一個很小很小的銅鈴，用紅綾帶穿了，掛在它頸下，但只顯得不相稱，它只是毫無生意的，懶惰的，鬱悶的躺著。有一天中午，我從編譯所回來，三妹很難過的說道：「哥哥，小貓死了！」

　　我心裡也感著一縷的酸辛，可憐這兩月來相伴的小

侶[3]！當時只得安慰著三妹道：「不要緊，我再向別處要一隻來給你。」

　　隔了幾天，二妹從虹口舅舅家裡回來，她道，舅舅那裡有三四隻小貓，很有趣，正要送給人家。三妹便慫恿[4]著她去拿一隻來。禮拜天，母親回來了，卻帶了一隻渾身黃色的小貓同來。立刻三妹一部分的注意，又被這只黃色小貓吸引去了。這隻小貓較第一隻更有趣、更活潑。它在園中亂跑，又會爬樹，有時蝴蝶安詳地飛過時，它也會撲過去捉。它似乎太活潑了，一點也不怕生人，有時由樹上躍到牆上，又跑到街上，在那裡曬太陽。我們都很為它提心吊膽，一天都要「小貓呢？小貓呢？」查問得好幾次。每次總要尋找了一回，方才尋到。三妹常指它笑著罵道：「你這小貓呀，要被乞丐捉去後才不會亂跑呢！」我回家吃中飯，總看見它坐在鐵門外邊，一見我進門，便飛也似地跑進去了。飯後的娛樂，是看它在爬樹。隱身在陽光隱約裡的綠葉中，好像在等待著要捉捕什麼似的。把它抱了下來。一放手，又極快地爬上去了。過了二三個月，它會捉鼠了。有一次，居然捉到一隻很肥大的鼠，自此，夜間便不再聽見討厭的吱吱的聲了。

3　侶：同伴，指作者的三妹與貓。

4　慫恿：ㄙㄨㄥˇ ㄩㄥˇ，從旁勸誘或鼓動。

　　某一日清晨，我起床來，披了衣下樓，沒有看見小貓，在小園裡找了一遍，也不見。心裡便有些亡失的預警。

　　「三妹，小貓呢？」

　　她慌忙地跑下樓來，答道：「我剛才也尋了一遍，沒有看見。」

　　家裡的人都忙亂的在尋找，但終於不見。

　　李嫂道：「我一早起來開門，還見它在廳上。燒飯時，才不見了它。」

　　大家都不高興，好像亡失了一個親愛的同伴，連向來不大喜歡它的張嬸也說：「可惜，可惜，這樣好的一隻小貓。」

　　我心裡還有一線希望，以為它偶然跑到遠處去，也許會認得歸途的。

　　午飯時，張嬸訴說道：「剛才遇到隔壁周家的丫頭，她說，早上看見我家的小貓在門外，被一個過路的人捉去了。」

　　於是這個亡失證實了。三妹很不高興的，咕嚕著道：「他們看見了，為什麼不出來阻止？他們明曉得它是我家的！」

　　我也悵然的，憤恨的，在詛罵著那個不知名的奪去我們所愛的東西的人。

自此，我家好久不養貓。

冬天的早晨，門口蜷伏[5]著一隻很可憐的小貓。毛色是花白，但並不好看，又很瘦。它伏著不去。我們如不取來留養，至少也要為冬寒與飢餓所殺。張嫂把它拾了進來，每天給它飯吃。但大家都不大喜歡它，它不活潑，也不像別的小貓之喜歡頑遊，好像是具著天生的憂鬱性似的，連三妹那樣愛貓的，對於它也不加注意。如此的，過了幾個月，它在我家仍是一隻若有若無的動物。它漸漸的肥胖了，但仍不活潑。大家在廊前曬太陽閒談著時，它也常來蜷伏在母親或三妹的足下。三妹有時也逗著它玩，但沒有對於前幾隻小貓那樣感興趣。有一天，它因夜裡冷，鑽到火爐底下去，毛被燒脫好幾塊，更覺得難看了。

春天來了，它成了一隻壯貓了，卻仍不改它的憂鬱性，也不去捉鼠，終日懶惰的伏著，吃得胖胖的。

這時，妻買了一對黃色的芙蓉鳥來，掛在廊前，叫得很好聽。妻常常叮囑著張嫂換水，加鳥糧，洗刷籠子。那只花白貓對於這一對黃鳥，似乎也特別注意，常常跳在桌上，對鳥籠凝望著。

妻道：「張嫂，留心貓，它會吃鳥呢。」

張嫂便跑來把貓捉了去。隔一會，它又跳上桌子對

---

5 蜷伏：ㄑㄩㄢˊ ㄈㄨˊ，彎曲縮伏。

鳥籠凝望著了。

　　一天，我下樓時，聽見張嬸在叫道：「鳥死了一隻，一條腿被咬去了，籠扳上都是血。是什麼東西把它咬死的？」

　　我匆匆跑下去看，果然一隻鳥是死了，羽毛鬆散著，好像它曾與它的敵人掙扎了許久。

　　我很憤怒，叫道：「一定是貓，一定是貓！」於是立刻便去找它。

　　妻聽見了，也匆匆地跑下來，看了死鳥，很難過，便道：「不是這貓咬死的還有誰？它常常對鳥籠望著，我早就叫張嬸要小心了。張嬸！你為什麼不小心？」

　　張嬸默默無言，不能有什麼話來辯護。

　　於是貓的罪狀證實了。大家都去找這可厭的貓，想給它以一頓懲戒。找了半天，卻沒找到。我以為它真是「畏罪潛逃」了。

　　三妹在樓上叫道：「貓在這裡了。」

　　它躺在露臺板上曬太陽，態度很安詳，嘴裡好像還在吃著什麼。我想，它一定是在吃著這可憐的鳥的腿了，一時怒氣衝天，拿起樓門旁倚著的一根木棒，追過去打了一下。它很悲楚地叫了一聲「咪嗚！」便逃到屋瓦上了。

　　我心裡還憤憤的，以為懲戒得還沒有快意。

　　隔了幾天，李嫂在樓下叫道：「貓，貓？又來吃鳥了。」同時我看見一隻黑貓飛快的逃過露臺[6]，嘴裡銜[7]著一隻黃鳥。我開始覺得我是錯了！

　　我心裡十分的難過，真的，我的良心受傷了，我沒有判斷明白，便妄下斷語，冤苦了一隻不能說話辯訴的動物。想到它的無抵抗的逃避，益使我感到我的暴怒，我的虐待，都是針，刺我的良心的針！

　　我很想補救我的過失，但它是不能說話的，我將怎樣的對它表白我的誤解呢？

　　兩個月後，我們的貓忽然死在鄰家的屋脊上。我對於它的亡失，比以前的兩隻貓的亡失，更難過得多。

　　我永無改正我的過失的機會了！

　　自此，我家永不養貓。

6　露臺：露天的高臺，可供賞景、休息等用途。
7　銜：ㄒㄧㄢˊ，用嘴含物或叼物。

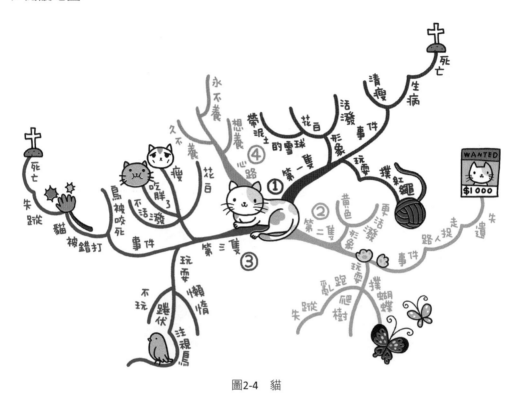

圖2-4　貓

提示：本文層次分明，先寫第一隻貓的可愛和死亡，再寫第二隻貓的活潑和遺失，最後寫第三隻貓的不討喜和冤死，帶出作者養貓的心路：還想養、久不養到永不養，筆端含著悔恨，令人動容。

一隻新生的貓，常撲過來又撲過去的想搶三妹手裡搖晃的紅帶子。

一隻黃色的小貓常在庭院中的花園裡亂跑、捉蝴蝶……，似乎太活潑了。

一隻毛色花白的貓，常跳趴在桌上，凝望著鳥籠裡一對黃色芙蓉鳥。

原來我誤會貓兒了。但貓不會說話，我該如何向牠表達我的歉意呢？

▶**名篇賞析**

　　貓是大家熟悉的小動物，很多家庭因為貓惹人喜愛而豢養。鄭振鐸從自己養三隻小貓的過程中，領悟到一些生活的哲理和做人的道理。

　　這篇文章寫來層次分明，從還想養貓、久不養貓到永不養貓，將情感逐步推進。寫法上有幾個特色：

　　一是結構嚴謹。三個故事，都以養貓的亡失為主線推進，結構井然有序。三個故事是按時間順序排列，養貓的過程也牽動整個家庭的情感。

養貓→亡失→養貓→再亡失→不養貓→又養貓→再亡失→永不養貓

　　二是首尾呼應。文章開頭就點出後面養貓的結局，都是「亡失」，事先拋出線索，預告後面的悲劇收場。結尾以「我家永不養貓」收尾，加強情感成份，並呼應了開頭。

　　三是設置伏筆。第一隻貓忽然消瘦，預告病死；第二隻貓在街上亂跑，預告被人捉走；第三隻貓凝望鳥籠的描述，就成功的誤導作者和讀者，讓大家以為鳥是被貓吃掉的，預告貓被冤打致死。伏筆的設置渾然天成，使文章具有戲劇性，增添可看性。

　　貓對人類來說是弱勢，不能張口說話，牠們的命運都由「萬物之靈」的人主宰。天性討人喜歡的動物，可能會博得人們的讚賞寵愛，而不識時務、孤僻者，卻要遭到人的拋棄乃至撲殺。

　　文中貓的一聲「咪嗚」，引起了人性的「良知」，作者真正的目

的，是希望我們能從故事中體會做人的道理，自我反省，並且化罪為針，刺醒那日漸麻木的良知。他告訴我們只要多一些包容和理解，就能少一些委屈和愧疚，也告訴我們：人的個性需要自我完善，才能避免不幸。

▶知識加油站

延伸閱讀

　　唐朝以前，似乎沒有以貓為主題的詩。到了宋代，詩人為了嘗試新的題材，出現了許多描寫貓咪的詩，其中北宋黃庭堅的〈乞貓詩〉最為有名：

　　秋來鼠輩欺貓死，窺甕[8]翻盤攪夜眠。
　　聞道狸奴將數子，買魚穿柳聘銜蟬。

　　銜蟬及狸奴，都是貓的別名。「銜蟬」就是指貓咪抓蟲；貓是狸屬，所以又叫「狸奴」，《莊子》中稱為「狸牲」，宋朝稱為「狸奴」。

　　詩中說：黃庭堅家裡的老鼠鬧得很凶，竟然倒翻碗盤，攪得他夜裡睡不好，問題出在他沒養貓，使得鼠輩橫行。但他原來養過一隻貓的，老鼠都被貓捕殺了，他每個晚上都睡得很好，於是開始大意，以為沒養貓也沒關係，就決定不再養貓。沒想到老鼠又鬧起來了。當他聽說別人家養的貓快生小貓，就趕緊準備貓食，打算再抱一隻來養。

　　宋代陸游也是「愛貓一族」，寫了好幾首關於貓咪的詩，其中有

8　甕：ㄨㄥˋ，一種口小腹大，用來盛東西的陶器。

一首〈贈貓〉：

> 裹鹽迎得小狸奴，盡護山房萬卷書。
> 慚愧家貧策勳薄，寒無氈⁹坐食無魚。

「貓來貴，狗來富」，說明向人求貓入門，是家裡相當慎重的大事。陸游說「裹鹽迎得小狸奴」，指的就是用鹽巴為聘禮，風光迎接貓回家的習俗。我們重溫這些「貓」的詩文，除了學著欣賞動物，也要學習愛護動物、尊重生命的道理。

▶閱讀測驗

一、選擇題：

（　）1. 以下哪個詞語不是「慫恿」的同義詞？　(A)煽動　(B)鼓動　(C)鼓勵　(D)壓抑。

（　）2. 〈貓〉一文的開頭，用的是什麼寫法？　(A)順敘　(B)倒敘　(C)插敘　(D)補敘。

（　）3. 承上，為什麼作者要用第一人稱來寫？下列錯誤的是　(A)使情感容易抒發　(B)增加真實性　(C)是最容易的寫法　(D)便於自責。

（　）4. 本文重點是寫第三隻貓，為何先寫第一和第二隻貓？　(A)對照比較以突出悔恨　(B)要為每隻貓立傳　(C)為表現人類的殘忍　(D)說明難以飼養的原因。

（　）5. 承上，第三隻貓的死「主要」給我們的啟示是什麼？　(A)要收養更多貓　(B)要善待生命　(C)要改養狗　(D)要先查明真相。

9　氈：ㄓㄢ，用獸毛加膠汁壓製成的織物，可做墊褥或鞋帽等。

二、非選擇題：

作文題目：

　　讀完鄭振鐸的散文〈貓〉之後，請用第一人稱「我」，寫一篇500字左右、首尾完整的文章，題目訂為「我是第三隻貓」，必須寫出貓的感情、思想、遭遇和結局。

作文提示：

學大師寫作：這是參考鄭振鐸的散文〈貓〉，用擬人法寫作。站在貓的立場說故事，用第一人稱「我」敘事，可讓文章有臨場感，使讀者能夠感同身受。開頭：文章有三隻貓，請選擇其中一隻貓作為自己的角色，之所以選第三隻，是因為較有發揮空間。請發揮想像力，補充原文中不足的地方，開頭先交代第三隻貓的來歷，貓的外表形象也要描繪一番。段落：將主人拉進來寫，先描述貓在家裡做些什麼事？如何玩耍？其次寫貓與人的互動關係，找出感人或令人生氣之處來敘述，最後製造懸疑，寫貓被主人懷疑是破壞鳥的兇手。結尾：描述貓被主人冤枉的心情，它的失蹤，失蹤後的心路歷程，下場如何？最後寫出主人的懊悔和反省。

名篇選讀

4.歌聲

▶認識名家

朱自清（1898-1948年），原名自華，字佩弦，號秋實，原籍浙江省紹興縣，是中國現代詩人、散文作家。長年患有嚴重的胃病，1948年8月12日，便因胃穿孔在北大醫院去世。

朱自清的散文有極高的藝術價值，風格清新細膩、活潑生動、真摯深刻、感人肺腑。其中藝術成就較高的是《背影》、《你我》散文集裡的〈背影〉、〈荷塘月色〉、〈綠〉、〈春〉等抒情散文，一直被認為是白話美文的典範。〈背影〉、〈匆匆〉，經常入選國文科教科書，成為歷年大考的命題來源。

朱自清不僅擅長描寫，還在描寫中達到情景交融的藝術境界，寫景散文尤其出色，如〈綠〉中，就用比喻、對比等手法，細膩地描繪梅雨潭瀑布的質和色，文字精雕細琢，表現駕馭文字自如的高超技巧，運用白話文描寫景緻充滿魅力。

散文作品有《蹤跡》（1924年。朱自清首本詩與散文集）、《背影》、《歐遊雜記》、《倫敦雜記》、《你我》等書。

▶題解

〈歌聲〉作於1921年11月，是朱自清最早時期的散文。雖然是五百多字的小品，但已經表現抒情散文的特點。〈歌聲〉所描寫的印象風光，就是青年朱自清嚮往的理想鄉。作者來到「中西音樂歌舞大會」聽「三曲清歌」，使他暫時忘掉繁瑣世事，心滿意足地沈湎於幻

想世界。他從「歌聲」的聽覺開始，依次喚起觸覺、視覺、嗅覺，最後回到聽覺，結構非常巧妙。《歌聲》是一篇青年詩人流露內心世界的好作品。

▶原文

　　昨晚中西音樂歌舞大會裡「中西絲竹和唱」的三曲清歌，真令我神迷心醉了。

　　彷彿一個暮春[1]的早晨，霏霏[2]的毛雨[3]默然灑在我臉上，引起潤澤、輕鬆的感覺。新鮮的微風吹動我的衣袂[4]，像愛人的鼻息吹著我的手一樣。我立的一條白礬[5]石的甬道[6]上，經了那細雨，正如塗了一層薄薄的乳油；踏著只覺越發滑膩可愛了。

　　這是在花園裡。群花都還做她們的清夢。那微雨偷偷洗去她們的塵垢，她們的甜軟的光澤便自煥發了。在那被洗去的浮豔下，我能看到她們在有日光時所深藏著的恬靜的紅，冷落的紫，和苦笑的白與綠。以前錦繡般在我眼前的，現在都帶了黯淡的顏色。——是愁著芳春的銷歇麼？是感著芳春的困倦麼？

1　暮春：陰曆三月，春季的末期。
2　霏霏：ㄈㄟ ㄈㄟ，雨雪煙雲盛密的樣子。
3　毛雨：細雨如牛毛，揚州稱為「毛雨」。
4　袂：ㄇㄟˋ，衣袖。
5　礬：ㄈㄢˊ。
6　甬道：ㄩㄥˇ，通路、走道。

　　大約也因那濛濛的雨，園裡沒了濃鬱的香氣。涓涓的東風只吹來一縷縷餓了似的花香；夾帶著些潮濕的草叢的氣息和泥土的滋味。園外田畝和沼澤裡，又時時送過些新插的秧，少壯的麥，和成蔭的柳樹的清新的蒸氣。這些雖非甜美，卻能強烈地刺激我的鼻觀，使我有愉快的倦怠之感。

　　看啊，那都是歌中所有的：我用耳，也用眼，鼻，舌，身，聽著；也用心唱著。我終於被一種健康的麻痺[7]襲取了。於是為歌所有。此後只由歌獨自唱著，聽著；世界上便只有歌聲了。

　　1921年11月3日，上海。

---

7 麻痺：ㄅㄧˋ，失去知覺。

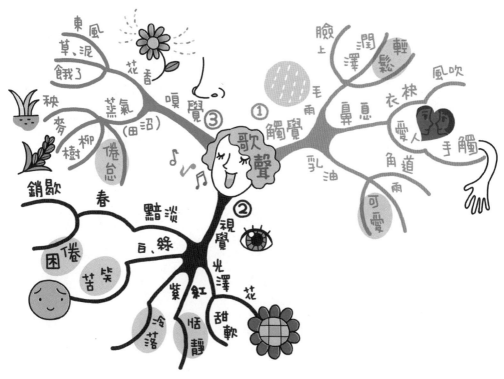

圖2-5　歌聲

提示：圖中圈選出來的「輕鬆」、「可愛」、「恬靜」、「冷落」、「苦笑」、
　　　「困倦」、「倦怠」，可想像成作者聽音樂時的情緒變化，從前奏、主曲
　　　到尾聲，聽者的情緒也從振奮轉為舒緩。

聽著中西音樂歌舞大會裡的三曲清歌，真令人神迷心醉。

一個暮春的早晨，霏霏的毛雨灑在我臉上，彷彿跳動的音符在身邊圍繞著。

在花園裡，群花爭豔，微雨洗去她們的塵垢，美妙的音符仍兀自跳躍著……

在田畝和沼澤裡，有些新插的秧、少壯的麥……，總能帶給我愉悅的倦怠感。

▶名篇賞析

〈歌聲〉除了用感官摹寫聲音，還用「移覺」手法，融入豐富的想像，把抽象的聽覺與觸覺、視覺、嗅覺等多種感官，交在一起，韻味十足、美不勝收，帶領我們進入美妙的歌聲境界。

運用移覺，從觸、視、嗅三種感官來描寫歌聲以及聽歌的感受。首先是「觸覺」，歌聲之美就像毛雨灑在臉上，「引起潤澤，輕鬆的感覺」，「像愛人的鼻息吹著我的手」，把歌聲的輕柔化作具體的事物來形容。

接著，又巧妙地一轉筆鋒，出現「視覺」的描寫，無形的歌聲彷彿能看到似的，繽紛多彩，像「恬靜的紅，冷落的紫，和苦笑的白與綠」，「歌聲中淡淡的哀愁化成了眼前黯淡的花朵，讓我們看到春的困倦，感受到了淡淡的哀傷」。

「看」罷了歌聲，又緩緩飄出一陣芬芳的氣味，原來歌聲也能「聞見」！忽然「涓涓的東風只吹來一縷縷餓了似的花香；夾帶著些潮濕的草叢的氣息和泥土的滋味」，又像「清新的花香混著泥土的氣息，沁人心脾，讓人精神為之一振」，這正是歌聲給人輕快活力的感覺。

作者先對這些事物投注感情，然後通過移覺，將原本是「聽覺」的歌聲，轉化成我們能觸摸、看到、聞到的事物，再用生動的譬喻、擬人，讓人得以產生聯想，開啟對歌聲的想像。隨著作者的想像，我們宛如走進了歌聲世界，聽到，也看到、聞到那美妙的境界。

文章同時蘊含作者聆聽「歌聲」時的情緒起伏，從如毛雨落臉的輕鬆、乳油般的可愛；接著，如紅色的恬靜、紫的冷落、白與綠的苦笑、暮春的困倦；最後如田沼蒸氣的倦怠。這些形容詞，正是作者從

歌聲感受到的各種情緒。

（開始）輕鬆→可愛→（持續）恬靜→冷落→苦笑→困倦→
（結束）餓了→倦怠

▶知識加油站

修辭散步

1.觸覺：描寫皮膚接觸外在物體的感覺，但不拘泥於手部，可運用描
述觸感的字眼，如冷、熱、痛、癢等，加以巧妙的比喻、誇
飾。如，「新鮮的微風吹動我的衣袂，像愛人的鼻息吹著我
的手一樣。」

2.視覺：描寫事物的形狀、色彩、光線、情態、景象等外在印象，用
文字把這些視覺感受傳遞出來，使讀者的腦中產生畫面，內
心受到刺激。如，「在那被洗去的浮豔下，我能看到她們在
有日光時所深藏著的恬靜的紅，冷落的紫，和苦笑的白與
綠。」

3.嗅覺：描寫鼻子聞到的氣味，可運用描述氣味的辭彙，如香、臭、
腥、焦等，或用比喻把無形的氣味具體化。如，「園外田畦
和沼澤裡，又時時送過些新插的秧，少壯的麥，和成蔭的柳
樹的清新的蒸氣。」

4.聽覺：描寫事物所發出的各種聲音，可使用狀聲詞和擬聲字、疊
字，使文字產生音樂美，也可以發揮想像力運用譬喻和擬
人，作各種巧妙的形容。如，「我用耳，也用眼，鼻，舌，
身，聽著；也用心唱著。」

5. 移覺：人有五種感官知覺，為視覺、聽覺、嗅覺、味覺、觸覺，這些感官在文學上能互相轉化和溝通，又叫「通感」。寫法就是讓各個感官不分界限，使顏色有溫度、聲音有畫面、冷暖有味、氣味也有了觸感。〈歌聲〉全篇用移覺來描寫聲音。

延伸閱讀㈠

〈明湖居聽書〉出自《老殘遊記》，敘述劉鶚在明湖居聽王小玉說大鼓書的表演，在作者的生花妙筆下，用多種譬喻將聲音描寫得出神入化。透過生動的描繪，讀者彷彿也能聽得到王小玉美妙的歌聲。

明湖居聽書（節錄）

王小玉便啟朱脣，發皓齒，唱了幾句書兒。聲音初不甚大，只覺入耳有說不出來的妙境，五臟六腑裡，像熨斗熨過，無一處不伏貼，三萬六千個毛孔，像吃了人參果，無一毛孔不暢快。唱了十數句之後，漸漸的越唱越高，忽然拔了一個尖兒，像一線鋼絲拋入天際，不禁暗暗叫絕。那知他於那極高的地方，尚能迴環轉折[8]；幾轉之後，又高一層，接連有三、四疊，節節高起，恍如由傲來峰西面攀登泰山的景象：初看傲來峰削壁千仞，以為上與天通；及至翻到傲來峰頂，才見扇子崖更在傲來峰上；及至翻到扇子崖，又見南天門更在扇子崖上；愈翻愈險，愈險愈奇。

那王小玉唱到極高的三、四疊後，陡然一落，又極力騁

---

8 迴環轉折：環繞迴旋，曲折變化。

其千迴百折[9]的精神，如一條飛蛇，在黃山三十六峰半中腰裡盤旋穿插，頃刻之間，周匝[10]數遍；從此以後，愈唱愈低，愈低愈細，那聲音就漸漸的聽不見了。

滿園子的人，都屏氣凝神，不敢少動。約有兩三分鐘之久，彷彿有一點聲音，從地底下發出。這一出之後，忽又揚起，像放那東洋煙火，一個彈子上天，隨化作千百道五色火光，縱橫散亂，這一聲飛起，即有無限聲音，俱來並發。那彈弦子的，亦全用輪指，忽大忽小，用他那聲音相和相合；有如花塢春曉，好鳥亂鳴，耳朵忙不過來，不曉得聽那一聲為是。正在撩亂之際，忽聽霍然一聲，人弦俱寂。這時臺下叫好之聲，轟然雷動。

延伸閱讀(二)

〈琵琶行〉是唐詩人白居易的作品。唐憲宗元和十年，作者被貶官為九江郡司馬。第二年秋天，送客人到潯浦口，夜裡聽到有人在船中彈琵琶，絃聲帶有長安城的韻味，打聽下知道是長安的歌女，因為年紀大容貌衰老，只好嫁給商人，隨丈夫四處遷徙。作者請她彈奏曲子，並寫詩道出女子的心聲。

琵琶行（節錄）

轉軸撥絃三兩聲，未成曲調先有情。絃絃掩抑聲聲思，

9　千迴百折：形容過程反覆曲折、縈迴不斷。
10　周匝：圍繞一周。

似訴生平不得志。低眉信手續續彈，說盡心中無限事。輕攏慢撚抹復挑，初為霓裳後六么。<u>大絃嘈嘈如急雨，小絃切切如私語</u>。嘈嘈切切錯雜彈，<u>大珠小珠落玉盤</u>。間關鶯語花底滑，幽咽流泉水下灘。水泉冷澀絃凝絕，凝絕不通聲漸歇。別有幽愁暗恨生，此時無聲勝有聲。銀瓶乍破水漿迸，鐵騎突出刀鎗鳴。曲終收撥當心畫，<u>四絃一聲如裂帛</u>。東船西舫悄無言，惟見江心秋月白。

　　她轉了轉弦軸，試彈三、兩聲，還沒彈就已經充滿感情了。每根弦聲充滿著憂思，好像在傾訴自己的失意。她低下眉頭，繼續隨手彈撥，音符說盡了無限的傷心事。她輕輕地按捺、拈弄，時而下撥，時而上挑，先彈〈霓裳羽衣曲〉，接著又彈〈綠腰曲〉。大弦嘈嘈的聲音好像急雨，小弦切切的聲音好像情人的私語。大弦、小弦夾雜地彈，好像大珠、小珠掉落玉盤那樣清脆。音符流動，像花下黃鶯的叫聲，又像流水遇到了沙灘，哽咽而不通，有時則像冷澀的泉水。琴音中止了，這時有一股幽幽的愁緒，暗暗的生出，雖然沒有聲音，境界卻更勝過有聲音的時候。突然音樂又起，就像銀瓶猛然破裂，水漿噴湧而出，又像披甲的騎兵想突破重圍而刀槍齊鳴。樂曲終了，她用弦撥在琴心用力的一掃，發出像布帛斷裂的聲音。這時，所有的船都靜悄悄地，只見皎潔的秋月映照在江水之上。

▶模擬測驗

一、選擇題：

（　　）1. 關於〈歌聲〉一文寫作手法的敘述，正確的是：　(A)從各種感官來描寫聲音　(B)善用視覺摹寫來描寫風景　(C)藉襯托的方

式，突出景物特色　(D)重視時序，呈現音樂在不同時間的感受。

(　) 2. 仔細閱讀本文，作者用一連串比喻描寫樂聲，下列何者為非？
(A)鼻息　(B)毛雨　(C)冷落的紫　(D)楊花。

(　) 3. 句子「涓涓的東風只吹來一縷縷餓了似的花香」，屬於哪種修辭手法？　(A)譬喻　(B)擬人　(C)設問　(D)呼告。

(　) 4. 閱讀本文，下列哪個選項的詞語，符合搭配的形容詞？　(A)紅色－熱情　(B)白色－純潔　(C)毛雨－倦怠　(D)乳油－可愛。

(　) 5. 「我終於被一種健康的麻痺襲取了。於是為歌所有。」意思是？
(A)歌能麻痺神經　(B)聽歌是健康的　(C)整個人融入歌裡了　(D)成為歌的俘虜。

二、非選擇題：

作文題目：

　　朱自清的〈歌聲〉、劉鶚的〈明湖居聽書〉、白居易的〈琵琶行〉等文章，都是透過一連串生動的比喻，將聲音傳神的展現在讀者面前。請你結合記敘、抒情、摹寫、比喻，以「一場音樂的盛宴」為題，寫出聆聽音樂的經驗。

作文提示：

學大師寫作：描寫音樂之美是作文的重點，利用各種外在的比喻和想像去形容聲音，是將無形的聲音寫好的重要技巧。開頭：先說自己置身在某個有音樂的場合，再運用觸覺，將人對幾種物品的觸感拿來形容音樂，可先羅列出想比喻的事物，再造出句子。段落：用視覺和嗅覺描寫音樂，方法與上文類同。寫作時，也要將自己的情感形容詞（輕鬆、激昂、平靜等等）放進去。結尾：運用讚美法，讚頌音樂之美，強調自己用了各種感官感受，才能體會音樂的美好。

一、情感洋溢的抒情文

有一個蒐藏家窮畢生之力蒐集各種物品，包括古董、娃娃，但他認為用錢買不到的最珍貴。相反的，另一個人很努力拋棄擁有的東西，當他沒有物品好丟時，便開始丟棄無形的快樂、悲傷、憤怒、愛心、恐懼等感覺，他覺得這些都是累贅，最後他變成一個僵化、乏味的東西，連植物人都比他有活力。於是，蒐藏家就將他蒐集起來，用「珍惜」來餵養他，等他慢慢成為一個懂得珍惜的人。

人是有感情的動物，有喜、怒、哀、懼、愛、惡、欲「七情」，抒情文所抒發的，就是這些能夠牽動心弦的情感。

抒情文既然是抒發情感的文體，寫作就要以「情」為重點。生活中有大大小小的事情，會影響我們的情緒，這時我們拿起筆來，透過文章記錄這些情感，就是在寫抒情文。抒情文的內容偏重「情」，不論是懷人、感事、念物，或因景生情，都是在表現自己的感情、反映自己的情緒。

你可以用許多方式來描寫情感，例如，在文章中描寫動作，運用誇大或譬喻，像「我很難過」，只用「很」是不夠的，如果改成「我難過得像快要死掉了」，情感是不是更強烈呢？

寫抒情文要寫出內心「真實的」情感，才會深刻感人。懷念人、物的內容，就要藉著事情來表現，從回憶往事來表達感情；寫事件還要用風景或人、物來襯托，才不會太單調。

每個寫作的人都想感動讀者，同學應該熟悉抒情文的寫法，使文

章具有打動人心的力量！

二、抒情文的表達方法

　　抒情文有兩種表達方式，一是直接抒情，一是間接抒情。

　　「直接抒情」，就是將情感明白的寫出來，不必靠別人或用其他事物當媒介，就能把心裡的情感直接描述。好比一個人說話的方式很直接，喜歡你，就直接說出來，不會繞著圈子講，或讓你猜半天。直接抒情可以表現你的熱情奔放、直率、親切、誠懇的個性。

　　這種寫法，常使用帶有濃重感情色彩的語句，或用感歎、呼告，如，「月亮好美啊！」、「我真想你！」，表達內心的澎湃，能直接讓讀者感受到你的情感。

我喜歡你→直接說出

　　「間接抒情」，則是委婉的表達，必須借助一些別的事物，如透過寫人、敘事、時節、詠物、寫景、說理等，才能抒發出你內心的感情。另外，人們表達情感的方式，常因情感來源（取材）的不同，而有不同的結果，情感的表達就不一樣。

　　間接抒情比起直接抒情，更有朦朧的美感。就像古人談戀愛，總是用含蓄的方法來表達愛意。抒情文的表達也應該含蓄委婉，不要赤裸裸的，以免破壞了美感。如果文章的情感都太過清楚明白，就有如速食愛情，來得快，去得也快，毫無令人留戀之處。要留一點想像空間，才能讓讀者細細體會。

我喜歡妳→月光很美，月光下的妳也是→委婉的說

抒情文的材料就在日常生活中，有描寫父母的親情、朋友之間互相鼓勵的友情，還有對社會事件發出評論，抒發關心之情。總之，只要平日多關懷週遭事物，就不怕「無情可書」了。

三、抒情文的段落安排

抒情文和記敘文一樣，包含了人、事、景、物、時節、說理等，也需要「記敘」，只不過情感才是抒情文的主體，需要多加著墨。以下是抒情文的段落安排：

段落	一	二	三	四
結構	點出起因	發展過程	高潮轉折	結果感想
內容	描寫對象	引起觸發	抒發情感	訴說感懷

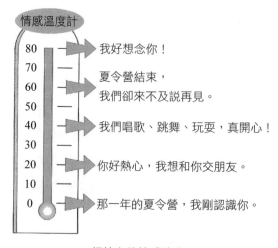

抒情文的情感強度

　　先點出事情的起因，描寫挑起情感的人、事、物，讓情感有所依據。因人抒情，就要寫出人物特徵；詠物興情，就描寫物的樣子；借景抒情，就描繪景物。接著，描寫發展事件的經過，可以像說故事，製造神祕感，或用回憶來帶入情境，寫出令人印象深刻的部分，作為文章的高潮，將情感引爆至最高點；最後，將文章總結，如果結尾能拉高文章的高度，把感動擴及到關懷他人，甚至宇宙萬物，就能表現正面的意義。

名篇選讀

1.綠

▶認識名家

朱自清（1898-1948年），原名自華，字佩弦，號秋實，原籍浙江省紹興縣，是中國現代詩人、散文作家。長年患有嚴重的胃病，1948年8月12日，便因胃穿孔在北大醫院去世。

朱自清的散文有極高的藝術價值，風格清新細膩、活潑生動、、真摯深刻、感人肺腑。其中藝術成就較高的是《背影》、《你我》散文集裡的〈背影〉、〈荷塘月色〉、〈綠〉、〈春〉等抒情散文，一直被認為是白話美文的典範。〈背影〉、〈匆匆〉，經常入選國文科教科書，成為歷年大考的命題來源。

朱自清不僅擅長描寫，還在描寫中達到情景交融的藝術境界，寫景散文尤其出色，如〈綠〉中，就用比喻、對比等手法，細膩地描繪梅雨潭瀑布的質和色，文字精雕細琢，表現駕馭文字自如的高超技巧，運用白話文描寫景緻充滿魅力。

散文作品有《蹤跡》（1924年。朱自清首本詩與散文集）、《背影》、《歐遊雜記》、《倫敦雜記》、《你我》等書。

▶題解

〈綠〉，是朱自清早期的遊記散文《溫州的蹤跡》裡的一篇，作於1924年2月8日，是一篇充滿濃濃詩意的美文。本文題目僅有一個字「綠」，便由「綠」字貫穿全文，成為文章的主旨。文章結構小巧，只有四段文字，約有一千二百字，但為了閱讀方便，將文章分為八個

段落。本文不像一般遊記只著重寫景，而是通過梅雨潭碧綠的潭水，抒寫作者的情意。

▶原文

　　我第二次到仙岩的時候，我驚詫[1]於梅雨潭[2]的綠了。

　　梅雨潭是一個瀑布潭。仙岩有三個瀑布，梅雨瀑最低。走到山邊，便聽見花花花花的聲音；抬起頭，鑲[3]在兩條濕濕的黑邊兒裡的，一帶白而發亮的水便呈現於眼前了。

　　我們先到梅雨亭。梅雨亭正對著那條瀑布；坐在亭邊，不必仰頭，便可見它的全體了。亭下深深的便是梅雨潭。這個亭踞[4]在突出的一角的岩石上，上下都空空兒的；彷彿一隻蒼鷹展著翼翅浮在天宇[5]中一般。三面都是山，像半個環兒擁著；人如在井底了。

　　這是一個秋季的薄陰的天氣。微微的雲在我們頂上流著；岩面與草叢都從潤濕中透出幾分油油的綠意。而瀑布也似乎分外的響了。那瀑布從上面沖下，彷彿已被

1　詫：ㄔㄚ、，驚訝。
2　梅雨潭：位於浙江省溫州市甌海區仙岩鎮。
3　鑲：ㄒㄧㄤ，把東西嵌入、配製在另一物體裡面。
4　踞：ㄐㄩ、，伸腿而坐。
5　天宇：天空。

扯成大小的幾綹[6]；不復是一幅整齊而平滑的布。岩上有許多稜角；瀑流經過時，作急劇的撞擊，便飛花碎玉般亂濺著了。那濺著的水花。晶瑩而多芒；遠望去，像一朵朵小小的白梅。微雨似的紛紛落著。據說，這就是梅雨潭之所以得名了。但我覺得像楊花，格外確切些。輕風起來時，點點隨風飄散，那更是楊花了。——這時偶然有幾點送入我們溫暖的懷裡，便倏的[7]鑽了進去，再也尋它不著。

梅雨潭閃閃的綠色招引著我們；我們開始追捉她那離合的神光了。掀著草，攀著亂石，小心探身下去，又鞠躬過了一個石穹[8]門，便到了汪汪一碧的潭邊了。瀑布在襟袖之間；但我的心中已沒有瀑布了。我的心隨潭水的綠而搖蕩。那醉人的綠呀！彷彿一張極大極大的荷葉鋪著，滿是奇異的綠呀。我想張開兩臂抱住她；但這是怎樣一個妄想呀。——站在水邊，望到那面，居然覺著有些遠呢！這平鋪著，厚積著的綠，著實可愛。她鬆鬆皺纈[9]著，像少婦拖著的裙幅；她輕輕的擺弄著，像跳動的初戀的處女的心；她滑滑的明亮著，像塗了「明油」一般，有雞蛋清那樣軟，那樣嫩，令人想著所曾觸

---

6 綹：ㄌㄧㄡˇ。計算絲、線、髮、鬚等的單位。
7 倏的：ㄕㄨˋ，倏地，忽然的、迅速的。
8 穹：ㄑㄩㄥˊ，高大。
9 纈：ㄒㄧㄝˊ，有花紋的絲織品。

過的最嫩的皮膚；她又不雜些兒塵滓，宛然一塊溫潤的碧玉，只清清的一色——但你卻看不透她！我曾見過北京什剎海[10]拂地的綠楊，脫不了鵝黃的底子，似乎太淡了。

　　我又曾見過杭州虎跑寺近旁高峻而深密的「綠壁」，叢疊著無窮的碧草與綠葉的，那又似乎太濃了。其餘呢，西湖的波太明瞭，秦淮河的也太暗了。可愛的，我將[11]什麼來比擬你呢？我怎麼比擬得出呢？大約潭是很深的，故能蘊蓄[12]著這樣奇異的綠；彷彿蔚藍的天融了一塊在裡面似的，這才這般的鮮潤呀。

　　那醉人的綠呀！我若能裁你以為帶，我將贈給那輕盈的舞女；她必能臨風飄舉了。我若能挹[13]你以為眼，我將贈給那善歌的盲妹；她必明眸善睞[14]了。我捨不得你；我怎捨得你呢？我用手拍著你，撫摩著你，如同一個十二三歲的小姑娘。我又掬[15]你入口，便是吻著她了。我送你一個名字，我從此叫你「女兒綠」，好麼？

　　我第二天到仙岩的時候，我不禁驚詫於梅雨潭的綠了。

---

10 什剎海：是北京北部的三個湖，因周圍有十座寺廟而得名。

11 將：ㄐㄧㄤ，拿、持的意思。

12 蘊蓄：ㄩㄣˋ ㄒㄩˋ，積藏於內，沒有顯露出來。

13 挹：ㄧˋ，舀取。

14 明眸善睞：睞，ㄌㄞˋ。美人目光流轉動人。

15 掬：ㄐㄩˊ，用兩手捧取。

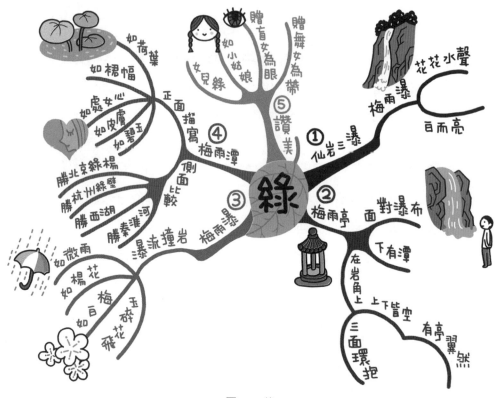

圖3-2　綠

提示：文章從外圍談到中心，由仙岩三瀑帶出梅雨瀑，接著帶到梅雨亭，描述梅
雨潭的環境，正面描寫潭水之美，並從側面以各地勝景和梅雨潭做比較，
最後讚美潭水的綠。

梅雨潭是一個瀑布潭。靜坐潭邊，就能聽到花花花……的水聲。

梅雨亭正對著那條瀑布；亭下深深的就是梅雨潭了。

瀑布流過時，那濺起的水花晶瑩多芒，濺灑在岩邊潭裡⋯⋯

梅雨潭閃閃、醉人的綠招引著我，我的心也隨之搖蕩了。

▶**名篇賞析**

　　抒情文的間接抒情，就是要借助一些事物，才能抒發內心的感情，本文〈綠〉便是借景抒情，透過梅雨潭綠綠的潭水，抒寫作者之情。寫作時，你也可以借助一樣物品、一件事或風景，來宣洩心中的感情。

　　開頭第一段說，「我第二次到仙岩的時候，我驚詫於梅雨潭的綠了」，用的是「開門見山法」，一開始就把文章主旨點出，使讀者對作者的中心思想一目了然。

　　中間，則花了很長的篇幅描寫梅雨潭的綠水。作者先寫瀑布「飛花碎玉」的美，再寫梅雨亭宛如擁抱著潭水的特殊地理環境，種種描寫，都是為了要帶出梅雨潭。

　　接著，文章的重心就圍繞在「綠」字，成為全文情景交融的焦點。作者運用了譬喻、擬人、聯想等多種手法，用各個角度和方法來描繪奇異、可愛、溫潤、柔和的梅雨潭，說潭水的綠「招引」著他，又形容潭水像一大片的荷葉，讓人不禁想像梅雨亭一般「擁抱」這片綠。

　　更高明的是，從最後作者為這片綠色所取的暱稱「女兒綠」，可瞭解到他對「綠」投注的感情，將擬人法運用到了極致。在朱自清筆下，梅雨潭的水彷彿成了「一個十二三歲的小姑娘」，讓人不禁想要拍她、摸她、抱她，流露出溫馨美好的情意。作者不但發揮想像力，還將情感融入，與美景合為一體，使人讀著、讀著，也和他一樣著迷了。

　　最後，文章結尾說：「我第二天到仙岩的時候，我不禁驚詫於梅雨潭的綠了。」句子和開頭幾乎一模一樣，前後呼應，使文章成為一

個完整的圓。

　　朱自清的〈綠〉，充滿著詩情畫意，字裡行間洋溢著濃濃的詩味，不但有詩的畫面、詩的語言，更有詩的情感、詩的意境，景物細膩生動，又有溫暖綿密而真摯的情感，是一篇作者的心靈之歌。

▶知識加油站

修辭散步

1.疊字、摹聲：「走到山邊，便聽見花花花花的聲音」。

2.對比：「鑲在兩條濕濕的黑邊兒裡的，一帶白而發亮的水便呈現於眼前了」，黑白分明使水色更突出。

3.頂真：「我們先到梅雨亭。梅雨亭正對著那條瀑布」，頂真銜接，使句子流暢自然。

4.引用：「離合的神光」，引用曹植〈洛神賦〉：「於是洛靈感焉，徙倚傍徨，神光離合，乍陰乍陽。」梅雨潭被暗喻為美麗的洛神。

5.呼告：「那醉人的綠呀！」綠，成為芬芳的美酒。

6.排比：「她鬆鬆的皺纈著、她輕輕的擺弄著、她滑滑的明亮著」，工整的排比，用多個角度來形容綠。

7.設問：「可愛的，我將什麼來比擬你呢？我怎能比擬得出呢？」作者不必回答，而答案自明。

延伸閱讀

　　描寫色彩的名作，還有白居易的〈憶江南〉詞：

　　江南好，風景舊曾諳[16]。日出江花紅勝火，春來江水綠如藍。能不憶江南？

　　江南的風景多麼美好，依舊如記憶中的美。晨光照映在岸邊的紅花，比火焰還要紅。春風吹拂過的滿江綠水，就像藍草一樣綠。叫人怎能不留戀江南呢？

　　白居易曾在江南做官，這首詞是他回憶江南的作品，寫春天日出時的景象。對作者來說，江南最美的是那碧綠的江水和明艷的江花。形容花紅水綠的兩句，都是譬喻法：春風吹過的綠水，就像藍草一樣綠；晨光映照的紅花，比火焰還要紅，把江南的春天渲染得絢麗多彩。

▶模擬測驗

一、選擇題：

（　　）1. 〈綠〉一文中，作者沒有用下列哪個選項來譬喻潭水？　(A)荷葉　(B)裙襬　(C)少女　(D)襟袖。

（　　）2. 「瀑布在襟袖之間」的意思是？　(A)瀑布很小　(B)瀑布宛如白袖　(C)瀑布距離很近　(D)瀑布弄溼衣服。

（　　）3. 作者的「心中已沒有了瀑布」，是因為　(A)作者心事重重，視若無睹　(B)瀑布太小，不易發現　(C)景色太差，不值得觀賞　(D)作者被潭水的綠吸引，沒注意瀑布的存在。

（　　）4. 「月光如流水一般」，可用下列哪句成語替換？　(A)月白風清　(B)月光如水　(C)月明星稀　(D)月盈則虧。

（　　）5. 「彷彿蔚藍的天融了一塊在裡面似的」是形容什麼景象？　(A)

---

16 諳：ㄢ，熟悉、知曉。

潭水的綠十分鮮潤　(B)月光照射在霧上所現的顏色　(C)日光照在潭水上水氣所現的顏色　(D)荷葉的反光。

二、非選擇題：

作文題目：

　　下面是朱自清散文〈綠〉的一段，讀後請仿寫一百字左右的短文，並自訂題目。

材料：

　　我曾見過北京什剎海拂地的綠楊，脫不了鵝黃的底子，似乎太淡了。我又曾見過杭州虎跑寺近旁高峻而深密的「綠壁」，叢疊著無窮的碧草與綠葉的，那又似乎太濃了。其餘呢，西湖的波太明瞭，秦淮河的也太暗了。可愛的，我將什麼來比擬你呢？

作文提示：

學大師寫作：這是參考朱自清散文〈綠〉進行仿寫。原文用作者所見各地的綠，包括北京的綠楊、杭州的綠壁、西湖與秦淮河的綠波，和文中的「你」作比較，最後發現這些都比不上「你」的可愛。可選對比色「紅」進行聯想。先選擇某個想寫的地點，然後描述當地景物「紅」的特色，將當地的環境描述一番。利用各種聯想到的「紅」和「你」來比較，包括熱情的玫瑰花、秋天漸層的楓紅、新娘的大紅禮服與耳環、女兒紅等等，自由聯想。最後總結出「你」擁有這些「紅」的特質，同樣可愛。

名篇選讀

2.翡冷翠山居閒話

▶認識名家

徐志摩（1897-1931年），原名章垿[1]，字槱[2]森，後改字志摩，浙江海寧人。中國著名現代詩人、散文家，也是武俠小說作家金庸的表哥。1931年11月19日，他搭乘飛機由南京北上，去聽一場建築講座時，飛機在霧中撞山墜機，逝世時只有34歲。

徐志摩出生於富裕家庭，他曾就讀北京大學，留學美國、英國，後來在清華大學、北京大學等校教書。性格浪漫，一生追求「愛」、「自由」與「美」，雖然為他帶來了不少創作靈感，也使他的婚姻、愛情有許多波折。

作品充滿理想與熱情，詞采華麗，音律優美，倡導新詩格律，對中國新詩的發展有重要的貢獻。著有詩集《志摩的詩》、《翡冷翠的一夜》、《猛虎集》等；散文集《我所知道的康橋》、《落葉》、《巴黎的鱗爪[3]》、《自剖》等；小說散文集《輪盤》；另有日記《愛眉小札》、《志摩日記》等。

▶題解

〈翡冷翠山居閒話〉是徐志摩「詩化」散文的代表作，文中有奔放的抒情，又有深刻的哲理，傳達的是作者嚮往人與自然的關係。欣

1　垿：ㄒㄩˋ。

2　槱：ㄧㄡˇ。

3　鱗爪：龍的鱗和爪。比喻瑣屑、殘餘或無足輕重的事物。

賞這篇文章，可用心感受徐志摩崇尚自由的性靈，也可從字裡行間尋找飄逸瀟灑的語言美。翡冷翠就是佛羅倫斯，義大利中部城市，文藝復興時期歐洲最著名的藝術中心，本文是作者在1925年，前往義大利翡冷翠遊玩時撰寫的。

▶原文

　　在這裡出門散步去，上山或是下山，在一個晴好的五月的向晚[4]，正像是去赴一個美的宴會，比如去一果子園，那邊每株樹上都是滿掛著詩情最秀逸的果實，假如你單是站著看還不滿意時，只要你一伸手就可以採取，可以恣[5]嘗鮮味，足夠你性靈的迷醉。陽光正好暖和，決不過暖；風息是溫馴的，而且往往因為他是從繁花的山林裡吹度過來，他帶來一股幽遠的淡香，連著一息滋潤的水氣，摩挲[6]著你的顏面，輕繞著你的肩腰，就這單純的呼吸已是無窮的愉快；空氣總是明淨的，近谷內不生煙，遠山上不起靄[7]，那美秀風景的全部正像畫片似的展露在你的眼前，供你閒暇的鑒賞。

　　作客山中的妙處，尤在你永不須躊躇[8]你的服色與體態；你不妨搖曳著一頭的蓬草，不妨縱容你滿腮的苔

4　向晚：傍晚。
5　恣：ㄗˋ，放縱。
6　摩挲：ㄇㄛˊ ㄙㄨㄛ，用手撫摸。
7　靄：ㄞˇ，煙霧、雲氣。
8　躊躇：ㄔㄡˊ ㄔㄨˊ，猶豫不決。

蘇；你愛穿什麼就穿什麼；扮一個牧童，扮一個漁翁，裝一個農夫，裝一個走江湖的桀葛閃[9]，裝一個獵戶；你再不必提心整理你的領結，你儘可以不用領結，給你的頸根與胸膛一半日的自由，你可以拿一條這邊顏色的長巾包在你的頭上，學一個太平軍的頭目，或是拜倫那埃及裝的姿態；但最要緊的是穿上你最舊的舊鞋，別管他模樣不佳，他們是頂可愛的好友，他們承著你的體重卻不叫你記起你還有一雙腳在你的底下。

　　這樣的玩頂好是不要約伴，我竟想嚴格的取締，只許你獨身；因為有了伴多少總得叫你分心，尤其是年輕的女伴，那是最危險最專制不過的旅伴，你應得躲避她像你躲避青草裡一條美麗的花蛇！平常我們從自己家裡走到朋友的家裡，或是我們執事[10]的地方，那無非是在同一個大牢裡從一間獄室移到另一間獄室去，拘束永遠跟著我們，自由永遠尋不到我們；但在這春夏間美秀的山中或鄉間，你要是有機會獨身閒逛時，那才是你福星高照的時候，那才是你實際領受，親口嘗味，自由與自在的時候，那才是你肉體與靈魂行動一致的時候；朋友們，我們多長一歲年紀往往只是加重我們頭上的枷[11]，

9　桀葛閃：就是吉卜賽人，以過遊蕩生活為主的民族。

10　執事：執行任務、擔任工作。

11　枷：ㄐㄧㄚ，古時套在犯人脖子上的刑具。用木板製成。

加緊我們腳脛[12]上的鏈，我們見小孩子在草裡在沙堆裡在淺水裡打滾作樂，或是看見小貓追他自己的尾巴，何嘗沒有羨慕的時候，但我們的枷，我們的鏈，永遠是制定我們行動的上司！所以只有你單身奔赴大自然的懷抱時，像一個裸體的小孩撲入他母親的懷抱時，你才知道靈魂的愉快是怎樣的，單是活著的快樂是怎樣的，單就呼吸單就走道單就張眼看聳[13]耳聽的幸福是怎樣的。因此你得嚴格的為己，極端的自私，只許你，體魄與性靈，與自然同在一個脈搏裡跳動，同在一個音波裡起伏，同在一個神奇的宇宙裡自得。我們渾樸的天真是像含羞草似的嬌柔，一經同伴的牴觸，他就捲了起來，但在澄靜的日光下，和風中，他的姿態是自然的，他的生活是無阻礙的。

你一個人漫遊的時候，你就會在青草裡坐地仰臥，甚至有時打滾，因為草的和暖的顏色自然的喚起你童稚的活潑；在靜僻的道上你就會不自主的狂舞，看著你自己的身影幻出種種詭異的變相，因為道旁樹木的陰影在他們于徐[14]的婆娑[15]裡暗示你舞蹈的快樂；你也會得信口的歌唱，偶爾記起斷片的音調，與你自己隨口的小

---

12 脛：ㄐㄧㄥˋ，從膝蓋到腳跟的部分。俗稱「小腿」。

13 聳：ㄙㄨㄥˇ，直立、高起。

14 于徐：舒緩自得的樣子。

15 婆娑：ㄆㄛˊ ㄙㄨㄛ，舞蹈的樣子。

曲，因為樹林中的鶯燕告訴你春光是應得讚美的；更不必說你的胸襟自然會跟著漫長的山徑開拓，你的心地會看著澄藍的天空靜定，你的思想和[16]著山壑[17]間的水聲，山罅[18]裡的泉響，有時一澄到底的清澈，有時激起成章的波動，流，流，流入涼爽的橄欖林中，流入嫵媚[19]的阿諾河去……

並且你不但不須應伴[20]，每逢這樣的遊行，你也不必帶書。書是理想的伴侶，但你應得帶書，是在火車上，在你住處的客室裡，不是在你獨身漫步的時候。什麼偉大的深沉的鼓舞的清明的優美的思想的根源不是可以在風籟[21]中，雲彩裡，山勢與地形的起伏裡，花草的顏色與香息裡尋得？自然是最偉大的一部書，葛德[22]說，在他每一頁的字句裡我們讀得最深奧的消息。並且這書上的文字是人人懂得的；阿爾帕斯[23]與五老峰，雪西里[24]與普陀山，來因河[25]與揚子江，梨夢湖與西子湖，

---

16 和：ㄏㄜˋ，唱歌時，互相應和。
17 壑：ㄏㄨㄛˋ，谷、溝。
18 罅：ㄒㄧㄚˋ，空隙、隙縫。
19 嫵媚：ㄨˇ ㄇㄟˋ，形容景致優美動人。
20 應伴：攜伴。
21 籟：ㄌㄞˋ，本指從孔竅中所發出的聲音，後泛指一切的聲音。
22 葛德：即歌德，德國詩人。
23 阿爾帕斯：即阿爾卑斯，歐洲南部的山脈。
24 雪西里：即西西里，地中海最大的島嶼，屬義大利。
25 來因河：即萊茵河，西歐第一大河。

劍蘭與瓊花，杭州西溪的蘆雪與威尼市[26]夕照的紅潮，百靈與夜鶯，更不提一般黃的黃麥，一般紫的紫藤，一般青的青草，同在大地上生長，同在和風[27]中波動——他們應用的符號是永遠一致的，他們的意義是永遠明顯的，只要你自己心靈上不長瘡瘢[28]，眼不盲，耳不塞，這無形跡的最高等教育便永遠是你的名分，這不取費的最珍貴的補劑便永遠供你的受用；只要你認識了這一部書，你在這世界上寂寞時便不寂寞，窮困時不窮困，苦惱時有安慰，挫折時有鼓勵，軟弱時有督責，迷失時有南針。

---

26 威尼市：即威尼斯，義大利東北部著名的旅遊與工業城市。

27 和風：ㄏㄜˊㄈㄥ，柔和的微風。

28 瘡瘢：ㄔㄨㄤㄅㄢ，瘡傷癒合後留下的痕跡。

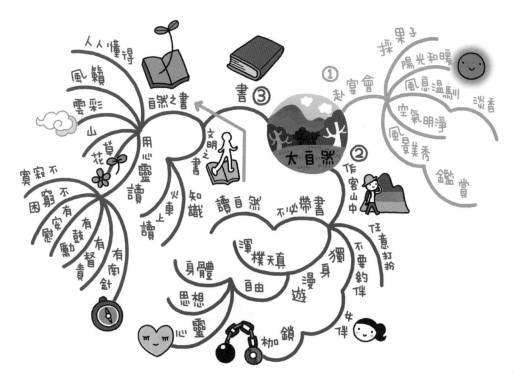

圖3-2　翡冷翠山居閒話

提示：作者以自然為中心進行聯想，在大自然中就像去赴宴，一切都和文明世界
　　　不同。接著講作客山中的妙處，強調自由的可貴，及獨自品味自然的種種
　　　感受，帶出自然就是書的主題思想。

身處果園裡，每株樹上、地上，都掛著、散置著飽滿的果實。

漫步山林中的好處，在於你不需擔心你的服裝儀容是否適合，一切都「放任自然」。

躺在草地上，可讓青草和暖的顏色自然帶你徜徉大自然。

書是理想的伴侶，大自然就是一部最偉大的書。

▶名篇賞析

〈翡冷翠山居閒話〉是一篇充滿感情的詩化散文，筆調悠閒。作者像是面對「你」來交談，「閒話」的敘述方式十分親切自然。抒發獨自作客在翡冷翠山中的妙處和心境，帶出文章的主題──「自然是最偉大的一部書」。

全文用一連串的聯想，營造出行雲流水的美，很少分段，使人非得一口氣將它讀完，目的是要符合「自由」的主題。如，「在這裡出門散步去，上山或是下山，在一個晴好的五月的向晚，正像是去赴一個美的宴會，比如，去一果子園，那邊每株樹上都是滿掛著詩情最秀逸的果實，假如你單是站著看還不滿意時，只要你一伸手就以摘取，可以恣嘗鮮味，足夠你性靈的迷醉……」聯想豐富，讀來有節奏的美感。

作者提示我們「作客山中的妙處」，就是能遠離現代文明的喧囂，在那兒，你可以擺脫文明社會的種種羈絆和束縛，完全自由自在、無拘無束、不必矯飾，所以大自然的美不僅僅是美景，還有一種解放感。

「獨行山中」的好處更是妙絕！作者說：「只有你單身奔赴大自然的懷抱時，像一個裸體的小孩撲入他母親的懷抱時，你才知道靈魂的愉快是怎樣的……。」這是人與自然的融合，天人合一的境界。

他又進一步地提醒你「不必帶書」，書是文明的象徵，與原始自然格格不入；書是知識的象徵，卻又比不上大自然這部「最偉大的書」，而且大自然人人可懂，不像書，有些人是讀不懂的。

雖然大自然易懂，但要讀懂這部奇書，還是得有某些條件：第一，要暫時遠離塵俗和文明的喧囂，最好是身處大自然；第二，保持

自由的心境；第三，要在大自然的懷抱中，如裸體嬰兒般純真，才能與大自然溝通、對話。

　　徐志摩透過〈翡冷翠山居閒話〉告訴我們：只要認識大自然、親近大自然，你的心靈就能夠完全解放，不再寂寞。

▶知識加油站

修辭散步

1.嗅覺、觸覺：用感官來描寫，如，「他帶來一股幽遠的淡香，連著一息滋潤的水氣，摩挲著你的顏面，輕繞著你的肩腰……」

2.轉化：把事物原來的性質，轉成另一種與本質截然不同的事物。如，「你不妨搖曳著一頭的蓬草，不妨縱容你滿腮的苔蘚。」蓬草是頭髮，苔蘚是鬍子。

3.排比：用排列兩組或以上相近的句型，以表達同範圍、同性質的情思或意念。如，「扮一個牧童，扮一個漁翁，裝一個農夫，裝一個走江湖的桀卜閃，裝一個獵戶。」

4.對偶：將字數相等、詞性相同、句法相同的句子，對稱的排列在一起。如，「近谷內不生煙，遠山上不起靄」。

5.隱喻：譬喻法的一種，用來表現喻體和喻依的融合度，又稱「暗喻」，喻詞有：是、就是、等於、為、成為、變成等。如，「自然是最偉大的一部書。」

延伸閱讀

　　讀過〈翡冷翠山居閒話〉，認識徐志摩抒情散文的特色後，再來讀〈山中〉一詩，可以更了解他筆端蘊含的脈脈柔情：

庭院是一片靜，
聽市謠圍抱，
織成一地松影，
看當頭月好！
不知今夜山中，
是何等光景：
想也有月，有松，
有更深曲靜。

我想攀附月色，
化一陣清風，
吹醒群松春醉，
去山中浮動；
吹下一針新碧，
掉在你窗前；
輕柔如同歎息，
不驚你安眠！

〈山中〉是徐志摩晚期的代表作，用「移情」的手法，融情入景，先從外在的景物寫起，化身作「清風」、「新碧」，傳達「不驚你安眠」的柔情，創造含蓄優美的意境，使得情景自然的交融在一起。

▶模擬測驗

一、選擇題：

（　　）1. 〈翡冷翠山居閒話〉中，「不是可以在風籟中，雲彩裡尋得？」
其「風籟」的意思： (A)微風　(B)風雲　(C)天空　(D)風聲。

（　　）2. 「軟弱時有督責，迷失時有南針。」句中「南針」意思是？
(A)快樂　(B)收穫　(C)指引　(D)希望。

（　　）3. 下列有關修辭的敘述中，哪一項正確？　(A)「輕輕的我走了，
正如我輕輕的來」 ── 頂真。　(B)「你不妨搖曳著一頭的蓬
草」 ── 轉化。　(C)「青青河畔草，綿綿思遠道」（飲馬長城窟
行） ── 映襯。　(D)「終歲不聞絲竹聲」（琵琶行） ── 摹聲。

（　　）4. 本文主要是描述山居生活的　(A)安寧靜謐　(B)舒適無爭　(C)自
由無拘　(D)簡單樸實。

（　　）5. 作者以為「山中的玩頂好是不要約伴」，用意是　(A)眾樂樂不
如獨樂樂　(B)有他人作伴，不易專心欣賞美景　(C)與人同游，
易生是非　(D)有他人作伴，易增心理負擔。

二、非選擇題：

作文題目：

　　徐志摩認為「大自然是最好的一部書」，雖然我們生活在人群
之中，但在城市裡、校園中、住家庭院，還是有一方純真的綠地等
待我們去探訪。請以「大自然之美」為題，敘述接觸大自然的經
驗，寫出你對大自然的感情。

作文提示：

學大師寫作：重點在寫景，先選定要書寫的地點。開頭：先描繪當地的風
景，運用各種感官來形容，可增加想像空間。段落：將自己置身在當地，
寫出人與環境的關係，你在這樣的大自然中感受到什麼？體會到什麼哲
理？結尾：來個比喻，將大自然比喻為某樣東西，最好是能帶給人心靈成
長的。

名篇選讀

3.第二度的青春

▶認識名家

　　梁遇春（1906-1932年），福建閩侯人，中國現代作家，是個早逝的天才。他是20至30年代散文界的一顆明星，他的筆調抒情中有理性，蘊含博識和睿智，對中國現代散文藝術有很大的貢獻。

　　在早期的文壇上，在文學創作中深受西方影響的作家，除了徐志摩，還有梁遇春。關於梁遇春的生活情況，至今不詳，只知他出生在知識份子背景的家庭裡。梁遇春自幼讀書，1924年進北京大學英文系深造，畢業後曾到上海暨南大學教書，翌年，返回北京大學圖書館工作。1932年，不幸得到急性猩紅熱病逝，死時年僅27歲。

　　梁遇春在大學讀書時就開始翻譯西方文學作品，兼寫散文，署名梁遇春，別署秋心、馭聰等。譯著多達二、三十種，大部分是英國作品，其中以《小品文選》、《英國詩歌選》影響較大，成為當時中學生喜愛的讀物。散文則從1926年開始，就陸續發表在刊物上，絕大部分收在《春醪¹集》、《淚與笑》散文集中。他的散文只留下約37篇，但是獨具風格，堪稱一家。

　　梁遇春的文章多談自己所經歷的各種感情，以及社會和大自然的現象；他的熱情與感傷、理性與感性、愛與恨，都在字裡行間表露無遺。

1　醪：ㄌㄠˊ，混含渣滓的濁酒。

▶題解

　　〈第二度的青春〉收錄於《淚與笑》一書，文章表現出一種恬淡、悲觀、看透世事的人生態度，是梁遇春與生俱來的悲劇感。和徐志摩情感洋溢的筆調不同，梁遇春道出的是對生命的無力感，以及對於青春消逝的感傷；文章抒發的是愁情，卻又充滿了理性的剖析。文中那股輕柔的憂思，形成獨特風格，有人將之稱為「悲情散文」。

▶原文

　　人們到了相當年紀，大概不會再有春愁。就說偶然還涉²遐思³，也不好意思出口了。

　　鄉愁，那是許多人所逃不了的。有些人天生一副懷鄉病者的心境，天天惦念⁴著他精神上的故鄉。就是住在家鄉裡，仍然忽忽⁵如有所失，像個海外飄零的客子。就說把他們送到樂園去，他們還是不勝惆悵⁶，總是希冀企望著，想回到一個他所不知道的地方。這些人想像出許多虛幻的境界，那是宗教家的伊甸園⁷，哲學家的伊比鳩魯斯花園，詩人的Elysium El DorADo⁸，

2　涉：ㄕㄜˋ，牽連、相關。
3　遐思：遐，ㄒㄧㄚˊ。超越現實的思索或想像。
4　惦念：惦，ㄉㄧㄢˋ。想念、掛念。
5　忽忽：迷惘的樣子。
6　惆悵：ㄔㄡˊㄔㄤˋ，悲愁、失意。
7　伊甸園：舊約創世紀中所記載的樂園，後來借為人間樂園的代稱。
8　Elysium El DorADo：極樂世界。

ArCA-DiA[9]理想主義者的烏托邦[10]，來慰藉他們彷徨[11]的心靈；可是若使把他們放在他們所追求的天國裡，他們也許又皺起眉頭，拿著筆描寫出另個理想世界了。

思想無非是情感的具體表現，他們這些世外桃源只是他們不安心境的寄託。全是因為它們是不能實現的，所以才能夠傳達出他們這種沒個為歡處的情懷；一旦不幸，理想變為事實，它們應刻就不配做他們這些情緒的象徵了。說起來，真是可悲，然而也怪有趣。總之，這一班人大好年華都消磨於綣懷[12]一個莫須有[13]之鄉，也從這裡面得到他人所嘗不到的無限樂趣。登樓遠望雲山外的雲山，淌[14]下的眼淚流到笑渦裡去，這是他們的生活。吾友莫須有先生就是這麼一個人，久不見他了，卻常憶起他那淚痕裡的微笑。

可是，人們到了相當年紀，（又是這麼一句話）對於自己的事情感到厭倦，覺得太空虛了，不值一想，這時連這一縷[15]鄉愁也將化為雲煙了。其實人們一走出情場，失掉綺[16]夢，對於自己種種的幻覺都消滅了，當下

9　ArCA-DiA：古希臘山區，人情淳樸、生活愉快的世外桃源。

10　烏托邦：書名，英人謨爾所著。為空想或理想的代稱。

11　彷徨：ㄆㄤ ˊ ㄏㄨㄤ ˊ，徘徊不前。

12　綣懷：即繾綣，ㄑㄧㄢ ˇ ㄑㄩㄢ ˇ，情意纏綿、不忍分離的樣子。

13　莫須有：恐怕有、也許有。

14　淌：ㄊㄤ ˇ，流下、流出。

15　縷：ㄌㄩ ˇ，量詞。計算纖細條狀物的單位。

16　綺：ㄑㄧ ˇ，華麗、美麗。

看出自己是個多麼渺小無聊的漢子，正好像脫下戲衫的優伶[17]，從縹緲[18]世界墜到鐵硬的事實世界，砰的一聲把自己驚醒了。這時睜開眼睛，看到天上恆河沙數[19]的群星，一佛一世界[20]，回想自己風塵下過千萬人已嘗過，將來還有無數萬人來嘗的庸俗生活，對於自己怎能不灰心呢？當此「屏除絲竹入中年」時候，怎麼好呢？

　　可是，人們到了相當年紀，免不了兒女累人，三更兒哭，可以攪[21]你的清夢，一聲爸爸，可以動你的心弦。煩惱自然多起來了，但是天下的樂趣都是煩惱帶來的，煩惱使人不得不希望，希望卻是一服包醫百病的良方。做了只怕不愁，一生在艱苦的環境下面掙扎著，結果常是「窮」而不「愁」，所謂潦倒[22]也就是麻木的意思。做人做到豔陽天氣勾不起你的幽怨，故鄉土物打不動你蓴鱸之思[23]，真是幾乎無路可走了。還好有個父愁。雖然知道自己的一生是個失敗，彷彿也看出天下無所謂成功的事情，已猜透成功等於失敗這個啞謎了，居然清瘦地站在宇宙之外，默然與世無涉了；可是對於自

---

17 優伶：優，俳優。伶，ㄌㄧㄥˊ，樂工。通稱演戲的人。

18 縹緲：ㄆㄧㄠˇ ㄇㄧㄠˇ，高遠飄忽、隱隱約約的樣子。

19 恆河沙數：印度恆河的沙多到不可計數。形容數量極多。

20 一佛一世界：我們住的世界是釋迦摩尼佛的教化區。如果一世界同時存在兩尊佛，眾生會產生比較之心，所以一世界，一尊佛，一位導師。

21 攪：ㄐㄧㄠˇ，擾亂。

22 潦倒：不得志或生活貧困。

23 蓴鱸之思：蓴鱸，ㄔㄨㄣˊ ㄌㄨˊ。即蓴羹鱸膾，比喻歸隱之思。

己孩子們總有個莫名其妙的希望，大有「我們自己既然如是塌台[24]，難道他們也會這樣嗎？」的意思。

只有沒有道理的希望是真實的，永遠有生氣[25]的，做父親的人們明知小孩變成頑皮大人是種可傷的事情，卻非常希望他們趕快長大。已看穿人性的腐朽同宇宙的乏味了，可是還希望他們來日有個花一般的生涯。為著他們，希望許多絕不可能的事情變為可能，為著他們，肯把自己重新擲[26]到過去的幻覺裡去，於是乎，從他們的生活裡去度自己第二次的青春，又是一場哀樂。為著兒女的戀愛而擔心，去揣摩[27]內中的甘苦，宛如又踱進情場。有時把兒女的癡夢拿來細味，自己不知不覺也走進夢裡去了，孩提的想頭和希望都占著做父親者的心窩，雖然這些事他們從前曾經熱烈地執著過，後來又頹然[28]扔開了。人們下半生的心境又恢復到前半生那樣了，有時從父愁裡也產生出春愁和鄉愁。

記得去年快有兒子時候，我的父親從南方寫信來說道：「你現也快做父親了，有了孩子，一切要忍耐些。」我年來常常記起這幾句話，感到這幾句叮嚀包括了整個人生。

---

24 塌台：ㄊㄚ，氣勢衰落、失敗。

25 生氣：萬物生長發育的狀態。

26 擲：ㄓˋ，拋投、丟扔。

27 揣摩：ㄔㄨㄞˇ ㄇㄛˊ，琢磨釐析事物的真相或含意。

28 頹然：ㄊㄨㄟˊ ㄖㄢˊ，乏力欲倒的樣子。

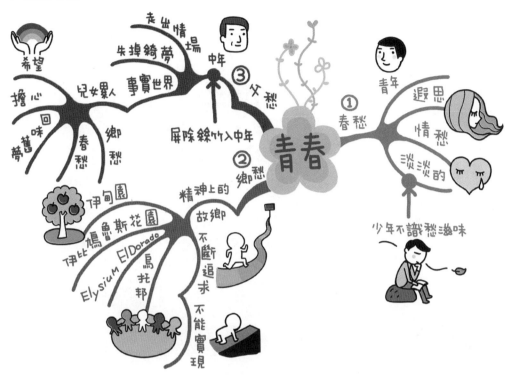

圖3-4　第二度的青春

提示：文章按照青年、中年、老年的順序，寫出人在各階段會有的「愁」，包括
　　　春愁、鄉愁和父愁。然而，人到中年、老年時，人生漸感無趣，通常就把
　　　希望寄託在兒女身上，彷彿自己再度青春起來了。

遊子懷鄉，淌下的眼淚都流到笑渦裡去，這就是他們的生活。

人到了相當年紀，免不了兒女累人、三更兒哭，卻是一副家庭生活景象。

做父親的明知孩子長大後仍會帶給他們新的煩惱,卻仍希望孩子快快長大。

為人父母,就是從孩子長大的生活裡去度自己第二次的青春。

▶名篇賞析

　　梁遇春，一位只活了二十七歲的天才作家，在他實際的人生道路上從來不曾年老，但他的思想卻比實際年齡還成熟，尤其這篇〈第二度的青春〉，更透露出對人生蒼茫和期望延續青春的無力感。

　　文章分三階段談「青春」。首先說，年輕人的青春有著春愁；所謂「為賦新辭強說愁」，少年人年輕識淺，人生經歷少，哪懂得什麼深刻的愁？此時多半只是傷春、悲秋，因為外在環境的變化，而產生莫名的惆悵和焦慮罷了！其實心底都還是懵懵懂懂的。

　　除了春愁，或者還有一些鄉愁，只是年輕人的鄉愁不一樣，並非離鄉背景的愁，多半是精神上想尋求歸屬感的愁緒。他們幻想有個理想世界，就像烏托邦、伊甸園之類的「快樂天堂」，那才是故鄉；然而在現實生活中又找不到，所以也算是一種「鄉愁」。

　　當人們年紀漸長，甚至進入中年，彷彿從天上的縹緲世界掉入了人間的現實世界。面對柴、米、油、鹽、醬、醋、茶、戀愛、失戀、結婚、生子等等，這些再普通不過的事物，逐漸將青春的心給腐蝕殆盡，於是幻想沒有了，夢想也沒了，一切都往現實看，人生變得很無趣。

　　但是，人生真的就這樣一路走到老死，然後完結嗎？這樣豈不是太悲涼了？

　　所以作者又告訴我們，另一種青春可以遺傳：「雖然知道自己的一生是個失敗，可是對於自己的孩子們總有莫名其妙的希望。」為了孩子，許多不可能的事都會變成可能；自己來不及實現的夢，可以在孩子身上實現。人生多了新目標，就能再度展開第二回的青春，這又是一場哀樂。人們無須再為已逝的青春感到哀傷。

這篇散文裡，有梁遇春悲劇、幽默、譏刺兼具的筆調。他雖然總是冷眼看人生，但細細品味，文字中卻蘊涵了浪漫情愫：有他將為人父的複雜心情、百感交集，是一篇情理兼具的抒情文。

▶知識加油站

修辭散步

1.排比：用排列兩組或以上相近的句型，以表達同範圍、同性質的
　　　　情思或意念：「這些人想像出許多虛幻的境界，那是宗教
　　　　家的伊甸園、哲學家的伊比鳩魯斯花園、詩人的Elysium El
　　　　DorADo、ArCA-DiA理想主義者的烏托邦。」

2.設問：為了引起讀者注意，行文時特地採用詢問的語氣：「對於自
　　　　己怎能不灰心呢？當此『屏除絲竹入中年』時候，怎麼好
　　　　呢？」

3.對偶：將字數相等、詞性相同、句法相同的句子，對稱的排列在一
　　　　起：「三更兒哭，可以攪你的清夢，一聲爸爸，可以動你的
　　　　心弦。」

4.頂真：上句的最後一個字詞和下句的第一個字詞相同，使連接的句
　　　　子首尾蟬聯：「煩惱使人不得不希望，希望卻是一服包醫百
　　　　病的良方。」

5.類疊：類疊法的類句，是將同一語句放在隔開的位置，重複使用：
　　　　「為著他們，希望許多絕不可能的事情變為可能，為著他
　　　　們，肯把自己重新擲到過去的幻覺裡去。」

延伸閱讀

　　梁遇春在〈第二度的青春〉引用「屏除絲竹入中年」，代表年輕
到中年的改變，以及對即將進入中年的喟嘆。

　　這句話出自清代詩人黃景仁的〈綺懷〉詩：「露檻星房各悄

然，江湖秋枕當游仙。有情皓月憐孤影，無賴閒花照獨眠。結束鉛華歸少作，屏除絲竹入中年。茫茫來日愁如海，寄語羲和快著鞭。」

「鉛華」是女性的化妝品，這裡是「浮豔」的借代。「鉛華」與「絲竹」是同義詞，指人年紀長了，寫的東西也比以前樸實。這兩句是對中年心態趨向樸實的寫照。這時期的人有了事業、家庭基礎，終於有踏實的感覺，但人就會漸漸變得現實起來，他們了解青春有一天終將逝去，但是生活還是要繼續，於是在中年後便改變心態，調整追求的方向。

▶模擬測驗

一、選擇題：

（　　）1. 〈第二度的青春〉說：「有些人天生一副懷鄉病者的心境，天天惦念著他精神上的故鄉。」指年輕人　(A)離鄉背景求學　(B)嚮往理想世界　(C)不切實際　(D)多愁多病。

（　　）2. 作者說：「登樓遠望雲山外的雲山，淌下的眼淚流到笑渦裡去。」意思是　(A)哭登樓的艱辛　(B)笑看雲山之美　(C)哭望不見遠山　(D)笑看人生後對人生的肯定。

（　　）3. 「天下的樂趣都是煩惱帶來的」，意思是　(A)人生煩惱多於樂趣　(B)煩惱等於樂趣　(C)要勇敢面對煩惱　(D)煩惱、樂趣往往伴隨著發生。

（　　）4. 下列哪個選項是「只問不答」的設問法？　(A)諸君啊！醒醒罷！　(B)對於自己怎能不灰心呢？　(C)人生到處知何似？應似飛鴻踏雪泥。　(D)飽食終日，無所用心，難矣哉！

（　　）5. 下列哪句是對偶？　(A)三更兒哭，可以攪你的清夢，一聲爸爸，可以動你的心弦　(B)為著他們，希望許多絕不可能的事情

變為可能，為著他們，肯把自己重新擲到過去的幻覺裡去　(C)
月景尤不可言，花態、柳情、山容、水意　(D)山朗潤起來了，
水長起來了，太陽的臉紅起來了。

二、非選擇題：

作文題目：

　　人生在世，難免有些愁悶與煩惱。有人說：「少年不識愁滋
味」，年輕人真的沒有任何煩惱、也不懂得煩惱嗎？當你心中有煩
惱時，心情如何？有什麼期望？請以「我的煩惱」為題，寫成一篇
文章，抒發你的心情感受。

作文提示：

學大師寫作：梁遇春的煩惱是青春逝去，但是他在子女的身上找到了第二
度青春，想一想自己的煩惱是什麼？如何找到彌補與安慰？開頭：選擇愛
情作為煩惱的對象，寫初次接觸愛情時的朦朧感覺，過程中的懵懂，和異
性互動時產生的種種不解。段落：當年紀漸長，所聽到的、親身經歷的愛
情，和過去的感覺有何不同？現實可能被納入了考量，選擇戀愛對象無法
避免條件的限制，這樣的愛情是否更有趣或更無味？這些都將產生煩惱。
結尾：尋找更適合自己的愛情，也許應該從了解自我開始，想通了這點才
能擺脫煩惱，正面地迎向未來。

名篇選讀

4.海燕

▶認識名家

鄭振鐸（1898-1958年），筆名西諦（C.T.）、郭源新等。生於浙江溫州。是現代作家、文學史家、著名學者。他出生於貧苦的家庭，靠親友幫助入學讀書，最後靠著勤學苦讀，成為知名學者。

五四運動[1]期間，倡導新文化運動[2]。1922年1月，主編中國第一本兒童文學專刊《兒童世界》週刊，在創刊號上寫了童話《兔的幸福》，之後連續發表《太陽·月亮·風的故事》、《兩個小猴子的冒險記》、《花架之下》等童話，又翻譯《伊索寓言》等外國童話，是兒童文學的先驅。

不幸在1958年10月，鄭振鐸先生率領中國文化代表團，前往阿富汗等國家進行友好訪問時，因飛機失事不幸遇難。

作品有：《鄭振鐸文集》、《家庭的故事》、《桂公塘》、《中國文學論集》、《俄國文學史略》、《山中雜記》、《文學大綱》、《泰戈爾傳》、《中國文學史》、《中國通俗文學史》、《中國古代木刻史略》等書。

▶題解

1927年，國民黨反動派發動「四一二」反革命政變，迫害異議

1　五四運動：發生於1919年5月4日的中國北京，是以青年學生為主的學生運動。為了抗議政府未能捍衛國家利益，在列強面前示弱，因而上街遊行表達不滿。

2　新文化運動：20世紀早期的中國文化界，有一群受過西方教育的人發起的革新運動，主要提倡民主、科學和白話文。

份子，鄭振鐸被迫遠走歐洲，獨自乘船前往法國巴黎。途中，他擷取了其中一個生活片斷，寫下〈海燕〉這篇作品。

文章敘述鄭振鐸在航行途中，發現了幾隻在海面上勇敢飛行的海燕，觸發思鄉的愁緒，於是用細描[3]手法，描繪對燕子和故鄉的感情。文字細膩，讀著他的文字，彷彿真的見到當時的情景。

▶原文

烏黑的一身羽毛，光滑漂亮，積伶積俐[4]，加上一雙剪刀似的尾巴，一對勁俊輕快的翅膀，湊成了那樣可愛的活潑的一隻小燕子。當春間二三月，輕颸[5]微微的吹拂著，如毛的細雨無因的由天上灑落著，千條萬條的柔柳，齊舒了它們的黃綠的眼，紅的白的黃的花，綠的草，綠的樹葉，皆如趕赴市集者似的奔聚而來，形成了爛熳[6]無比的春天時，那些小燕子，那麼伶俐可愛的小燕子，便也由南方飛來。加入了這個雋[7]妙無比的春景的圖畫中，為春光平添了許多的生趣。

小燕子帶了它的雙剪似的尾，在微風細雨中，或在陽光滿地時，斜飛於曠亮無比的天空之上，卿的一聲，已由這裡稻田上，飛到了那邊的高柳之下了。同幾

3　細描：將事物的每個特點都顧及，以細膩的文字，將描寫對象形容得栩栩如生。

4　積伶積俐：形容十分靈活。

5　颸：ㄙ，涼風。

6　爛熳：ㄌㄢˋ ㄇㄢˋ，光彩煥發的樣子。亦作「爛漫」、「爛縵」。

7　雋：ㄐㄩㄣˋ，傑出、出眾。通「俊」。

隻卻雋逸的在粼粼[8]如波紋的湖面橫掠著，小燕子的剪尾或翼尖，偶沾了水面一下，那小圓暈便一圈一圈的蕩漾了開去。那邊還有飛倦了的幾對，閒散的憩息於纖細的電線上，──嫩藍的春天，幾支木杆，幾痕細線連於杆與杆間，線上是停著幾個粗而有致的小黑點，那便是燕子，是多麼有趣的一幅圖畫呀！還有一家家的快樂家庭，他們還特地為我們的小燕子備了一個兩個小巢，放在廳梁的最高處，假如這家有了一個匾額，那匾後便是小燕子最好的安巢之所。第一年，小燕子來往了，第二年，我們的小燕子，就是去年的一對，它們還要來住。

「燕子歸來尋舊壘。」[9]

還是去年的主，還是去年的賓，他們賓主間是如何的融融泄泄[10]呀！偶然的有幾家，小燕子卻不來光顧，那便很使主人憂戚，他們邀召不到那麼雋逸的嘉賓，每以為自己運命的蹇[11]劣呢。

這便是我們故鄉的小燕子，可愛的活潑的小燕子，曾使幾多[12]的孩子們歡呼著，注意著，沈醉著，曾使幾多的農人們市民們憂戚著，或舒懷的指點著，且曾

---

8 粼粼：ㄌㄧㄣˊ，水流清澈的樣子。
9 是化用明代無名氏的〈魚游春水〉詞：「秦樓東風裏。燕子還來尋舊壘。」
10 融融泄泄：泄，ㄧˋ。和樂自在的樣子。
11 蹇：ㄐㄧㄢˇ，困苦、艱難、不順利。
12 幾多：多少。

平添了幾多的春色，幾多的生趣於我們的春天的小燕子！

如今，離家是幾千里！離國是幾千里！托身於浮宅之上，賓士於萬頃海濤之間，不料卻見著我們的小燕子。

這小燕子，便是我們故鄉的那一對、兩對麼？便是我們今春在故鄉所見的那一對、兩對麼？

見了它們，遊子們能不引起了，至少是輕煙似的，一縷兩縷的鄉愁麼？

海水是膠[13]潔無比的蔚藍色，海波是平穩得如春晨的西湖一樣，偶有微風，只吹起了絕細絕細的千萬個翻翻的小皺紋，這更使照曬於初夏之太陽光之下的、金光燦爛的水面顯得溫秀可喜。我沒有見過那麼美的海！天上也是皎潔無比的蔚藍色，只有幾片薄紗似的輕雲，平貼於空中，就如一個女郎，穿了絕美的藍色夏衣，而頸間卻圍繞了一段絕細絕輕的白紗巾。我沒有見過那麼美的天空！我們倚在青色的船欄上，默默的望著這絕美的海天；我們一點雜念也沒有，我們是被沈醉了，我們是被帶入晶天中了。

就在這時，我們的小燕子，二隻，三隻，四隻，在海上出現了。它們仍是雋逸的從容的在海面上斜掠著，

---

13 膠：濃稠、有黏性。

如在小湖面上一樣；海水被它的似剪的尾與翼尖一打，也仍是連漾[14]了好幾圈圓暈。小小的燕子，浩莽的大海，飛著飛著，不會覺得倦麼？不會遇著暴風疾雨麼？我們真替它們擔心呢！

小燕子卻從容的憩[15]著了。它們展開了雙翼，身子一落，落在海面上了，雙翼如浮圈[16]似的支持著體重，活是一隻烏黑的小水禽，在隨波上下的浮著，又安閒，又舒適。海是它們那麼安好的家，我們真是想不到。

在故鄉，我們還會想像得到我們的小燕子是這樣的一個海上英雄麼？

海水仍是平貼無波，許多絕小絕小的海魚，為我們的船所驚動，群向遠處竄[17]去；隨了它們飛竄著，水面起了一條條的長痕，正如我們當孩子時之用瓦片打水漂[18]在水面所劃起的長痕。這小魚是我們小燕子的糧食麼？

小燕子在海面上斜掠著，浮憩著。它們果是我們故鄉的小燕子麼？

啊，鄉愁呀，如輕煙似的鄉愁呀！

---

14 漾：一ㄤˋ，水波搖動的樣子。

15 憩：ㄑㄧˋ，休息。

16 浮圈：游泳圈。

17 竄：ㄘㄨㄢˋ，逃走、逃跑。

18 打水漂：用扁平小石子或瓦片在水面上掠過，以激起水花。

圖3-5　海燕

提示：先從燕子形象和故鄉的春景開始描繪，故鄉越美，思念越深。接著，描述
　　　故鄉燕子受人們呵護，對照海上的燕子，必須和危險的大海共存、靠自己
　　　捕魚覓食，猶如作者自身的處境。

幾隻飛倦的燕子，閒散的憩息於電線桿的電線上。

在廳梁的最高處，有為我們的小燕子準備了一個、兩個的小巢。

天上是皎潔的蔚藍色，只有幾片輕雲，我沒見過這麼絕美的海天。

小燕子，一隻，二隻，三隻……在海上出現了，牠們不怕浩莽的大海嗎？

▶名篇賞析

「如今，離家是幾千里！離國是幾千里！」讀完這篇優美的散文，每個人都會被鄭振鐸細緻的文筆、對故鄉的聲聲呼喚所感動。

除了感受〈海燕〉流露出的濃濃鄉愁，我們應該先了解，作者是在怎樣的時代背景和遭遇下寫出這篇文章，才能對「小燕子」和「如輕煙似的鄉愁」，有更深刻的理解。

1927年4月12日，國民黨發動反革命政變，捕殺和迫害異議份子，鄭振鐸成為目標之一，險些遭到逮捕。在親友催促下，他終於決定赴歐洲避難，乘船前往法國，並在途中寫下〈海燕〉。

在離開故鄉數千里遠的茫茫大海上，前途也茫茫的作者，見到自由飛翔的海燕，勾起了思鄉之情。文章的前半部，描寫作者回憶起曾在故鄉見過的小燕子，那些燕子在春天的繁花柔柳中聚集、翻飛；在故鄉粼粼的湖面上掠過；在故鄉電線上悠閒的休憩；也在故鄉那些快樂家庭的屋樑上築巢，這一幅幅美好的畫面，是作者曾見過的美景，是作者在海上對故鄉的回憶，也是作者的美夢。

文章的後半，將視角從過去的記憶拉回眼前的海上。作者描繪在蔚藍色的海天之間，這些雋逸和從容的燕子，在美麗而危險的海上飛行，卻仍然悠閒、自在，一點兒都不擔心，這危險的大海竟是它們安心的家。「它們果是我們故鄉的小燕子麼？」海上的燕子讓作者感到敬佩，又想到故鄉的燕子，於是「輕煙似的鄉愁」便不知不覺產生了。

對照鄭振鐸的遭遇，他記憶中如詩如畫的故鄉，其實已成了血雨腥風的上海，「覆巢之下無完卵」[19]，作者自己被迫離開家鄉，而他

---

[19] 鳥巢翻覆，卵必隨之跌破：比喻整體一旦傾覆，個體也無法倖存。

所懷念的燕子，還能在故鄉安逸的居住麼？

　　一個鄉愁，蘊含許多豐富的感覺，有思念、有憧憬、有憂傷，各種複雜的情緒。鄉愁的背後有作者勇敢的心，縈繞著遊子無限的深情。

▶知識加油站

修辭散步

1.譬喻：「小燕子帶了它的雙剪似的尾」、「海波是平穩得如春晨的西湖一樣」、「幾片薄紗似的輕雲，平貼於空中，就如一個女郎，穿了絕美的藍色夏衣，而頸間卻圍繞了一段絕細絕輕的白紗巾」、「雙翼如浮圈似的支持著體重」。

2.轉化：把物當成另一種事物，使它具有另一物的特性。如「千條萬條的柔柳，齊舒了它們的黃綠的眼」，說柔柳有了眼睛。

3.摹聲：「卿」的一聲，「卿」是狀聲詞，為模擬聲音的字詞。

4.感歎：描寫令人快樂、憤怒、驚訝、悲傷、厭惡的情感，多用於感情強烈時。如「離家是幾千里！離國是幾千里！」

5.對偶：如「托身於浮宅之上，賓士於萬頃海濤之間」，屬於「寬對」，只求結構大致相同，字數不一定相同。

6.呼告：用對話的方式來呼喊，呼告的對象通常不在面前。如「啊，鄉愁呀！如輕煙似的鄉愁呀！」

延伸閱讀

　　唐杜甫的〈江村〉，是他經過四年的流亡生活後，終於在成都郊外的浣花溪安居時寫下來的，表達飽經離鄉背景之苦後，對江村生活的愉悅之情，可和〈海燕〉呼應：

　　清江一曲抱村流，長夏江村事事幽。自去自來梁上燕，相親相近水中鷗。老妻畫紙為棋局，稚子敲針作釣鉤。但有故人供祿米，微軀此外更何求？

　　清澈的江水環抱村子而流，初夏的江村，事事顯得清幽。梁間的燕子自由自在、江上的沙鷗相親相愛的作伴。年老的妻子用紙畫成棋盤下棋，幼小的兒子，則把針敲彎當作釣鉤。只要有朋友願意供給我祿米，像我這樣卑微的人，還有什麼別的要求呢？

　　杜甫藉著燕子在梁間自來自去，表現出自得其樂的本性，體現作者心中閒適的村居情緒。

▶模擬測驗

一、選擇題：

（　　）1. 下面字詞的注音何者有誤？　(A)飛「竄」（ㄘㄨㄢˋ）　(B)輕「颺」（ㄊㄞˊ）　(C)「雋」妙（ㄐㄩㄣˋ）　(D)粼粼（ㄌㄧˊㄣˊ）。

（　　）2. 下列文字書寫錯誤的是　(A)沉醉　(B)蔚藍　(C)伶利　(D)蕩漾。

（　　）3. 下面句子使用的修辭法正確的是　(A)千條萬條的柔柳，齊舒了它們黃綠的眼。——摹寫　(B)如毛的細雨無因地由天上灑落著。——擬人　(C)可愛的活潑的小燕子，曾使幾多的孩子歡呼著，注意著，沉醉著——對偶　(D)只有幾片薄紗似的輕雲，平貼於空中，就如一個女郎——譬喻。

（　　）4. 〈海燕〉文中兩次提到「鄉愁」，說它是「輕煙似的」、「一縷兩縷的」，作者的意思是？　(A)如輕煙似的說明思鄉之情很淡　(B)一縷兩縷的說明思鄉之情很強烈　(C)輕煙可散，一縷兩縷易斷，說明作者的薄情　(D)作者的思鄉之情，像煙霧揮之不

去：像亂麻剪不斷，理還亂。

（　　）5. 本文記敘的順序是　(A)順敘　(B)倒敘　(C)插敘　(D)補敘。

二、非選擇題：

作文題目：

　　請仿照下面的例句，自定主題，並加入自己的想像，擴充為一篇一百五十字的短文。

例句：

　　海水是皎潔無比的蔚藍，海波平穩得如春晨的西湖一樣，偶有微風，只吹起了絕細、絕細的千萬個粼粼的小波紋，這更使照曬於初夏之太陽光之下的、金光燦爛的水面，顯得溫秀可喜。

作文提示：

學大師寫作：參考鄭振鐸散文〈海燕〉其中一段仿寫，重點是形容事物。例文運用色彩、光線變化來描繪海水，細膩地觀察海水的波紋，也將季節特色（春晨、初夏）突顯出來。選擇描寫一片花海，透過各色的波斯菊和紫色的粉萼鼠尾草，以色彩形容詞描繪出繽紛的顏色，利用菊花鮮豔的「色調」給予人強烈印象。

一、頭腦清晰的議論文

鍾毓、鍾會兄弟在年少時就有美名。哥哥鍾毓[1]十三歲時，魏文帝曹丕聽說兄弟倆的名聲，就對他們的父親鍾繇[2]說：「可以叫這兩個孩子來見我。」於是奉旨晉見。在大殿，鍾毓滿頭大汗，文帝問：「你臉上為什麼有汗？」鍾毓回答：「太緊張所以流汗。」弟弟鍾會卻沒出汗，文帝問：「你為什麼不出汗？」鍾會回答：「太緊張了，連汗都不敢流。」

鍾毓、鍾會兩兄弟的應答都非常機敏，但鍾會的回答更是絕妙，表現極佳的機智。除了天生機敏，常寫議論文，也能讓我們像鍾會一樣，邏輯、反應變得很好，遇到問題也能有很好的應變能力。

議論文，是用來表達你對於人、事、物的看法，或批評別人的論點，或說服他人時所做的文章，目的是希望讀者能夠認同你說的話。

歷屆基測題目常出現「請寫出經過、感受和想法」的文字。其中的「想法」就是指「議論」，要求考生寫出評論性的想法。所以，我們應該嘗試將議論的技巧融入於文章中，這樣的寫作練習，對自己的人際關係和生活處事，也會有很好的幫助。

二、議論文的寫法

同學聽到寫議論文，就覺得心頭有如壓了一塊石頭，很沉重，而且在這個年齡要真有什麼「看法」，實在不容易，所以寫不出來。

---

[1] 毓：ㄩˋ。
[2] 繇：一ㄡˊ。

其實議論文可以很活潑、例子可以很生活化，只要用「說故事」的方式舉例，然後針對例子來說心得或啟示，多運用修辭法，就會使文章變得比較**親切**，使議論文具有吸引力。

寫議論文，要先把握幾項要領：

1.思考深入：戰爭中，軍師要考慮周全，才能打勝仗；寫議論文也要深入的思考，如果想法太膚淺、缺乏說服力，就很難得到高分。

2.結構嚴謹：議論文要有條有理，才能表現邏輯性，如果表達太過雜亂，就像沒梳過的亂髮，讀者就無法看懂你要表達的重點。

3.論證有力：論證就是「證據」。議論文需要充足的證據和舉例，就像律師要說服陪審團，也要拿出有力的證據。

三、議論文的段落安排

一篇議論文包含論點、論據、論證。「論點」是文章的中心，作者針對題目作的思考和觀點；「論據」就是證據，是作者舉的例子；「論證」是證明論點的過程和方法。這三者正好是文章的開頭、中段和結尾：

段落	一	二	三	四
	開頭	中段	中段	結尾
內容	提出論點	運用論據	進行論證	作出結論

通常寫文章時，會在文章開頭先提出論點，接著從中段開始，運用各種論據和例子證明看法，最後才作出結論。步驟如下：

1.提出論點：就你想要探討的問題，在開始撰寫作文時就提出看法和主張，重點放在「證明什麼」（What）。

2.運用論據：一般撰寫的步驟為先議論，再舉例說明論據，主要是

「用什麼來證明」（Who）說法。常用的論據有：事件、對話、人物、事物、事理等。

3.進行論證：論證的作用就是提供充分的證據，以強而有力的推理讓人心服口服，並支持結論，目標是「如何去證明」（How）。

4.作出結論：結論一定要清楚有力。下結論時，可將整篇內容整理成概括的「總結」；或用引人深思的話語，引導讀者繼續思考。

名篇選讀

1.二十四孝圖

▶認識名家

　　周樹人（1881-1936年），原名周樟壽，筆名魯迅，字豫山、豫亭，後改名為豫才。他是20世紀中國重要作家、新文化運動的領導人、現代文學家、思想家。他的作品對五四運動以後的中國文學，產生深刻的影響。1936年10月19日，他在上海因肺結核病去世，享年55歲。

　　魯迅曾赴日本仙台醫學專門學校學習現代醫學，並受到一部日俄戰爭的紀錄片，中國人圍觀日軍殺害中國人情節的刺激，認為「救國救民需先救思想」，於是棄醫從文，希望用文學改造中國人的劣根性。

　　魯迅以小說創作崛起。1918年5月，首次用「魯迅」為名，發表中國現代文學史的第一篇白話小說《狂人日記》；1921年12月，發表中篇小說《阿Q正傳》，是現代文學史的不朽傑作。魯迅的創作題材廣泛，形式多樣。體裁包括小說、雜文、散文、詩歌。小說內容以刻畫底層百姓的生活為主，用白描刻畫人物形象、挖掘微妙的心理變化，表現一般人思想的愚昧和生活的艱辛；散文風格則冷峻清晰，展現犀利的思辨力。

　　作品有小說集《吶喊》、《彷徨》；論文集《墳》；散文詩集《野草》；散文集《朝花夕拾》；雜文集《熱風》、《華蓋集》、《華蓋集續編》等。

▶題解

　　〈二十四孝圖〉出自魯迅散文集《朝花夕拾》，內容多以追憶兒時往事為主，風趣生動。《二十四孝》一書，相傳是元代郭居敬因為思念雙親，於是蒐集古今孝行可敬的二十四人加以編排，以教誨兒童，後由王克孝繪成《二十四孝圖》傳世，又稱《二十四孝圖》，藉此宣揚儒家思想及孝道。以現代人的觀點來看「二十四孝」，會發現其中有不少盡孝道的行為在現代人眼中是「愚孝」，魯迅就是據此論點針對此書評論，撰寫出此篇〈二十四孝圖〉，議論清晰、觀點獨特，是極佳的議論文。

▶原文

　　我所收得的最先的畫圖本子，是一位長輩的贈品：《二十四孝圖》。這雖然不過薄薄的一本書，但是下圖上說，鬼少人多，又為我一人所獨有，使我高興極了。那裡面的故事，似乎是誰都知道的；便是不識字的人，例如阿長[3]，也只要一看圖畫便能夠滔滔地講出這一段的事跡。但是，我於高興之餘，接著就是掃興，因為我請人講完了二十四個故事之後，才知道「孝」有如此之難，對於先前癡心妄想、想做孝子的計劃，完全絕望了。

　　「人之初，性本善」麼？這並非現在要加研究的問

3　阿長：魯迅的褓母。

題。但我還依稀記得，我幼小時候實未嘗蓄意忤逆[4]，對於父母，倒是極願意孝順的。不過年幼無知，只用了私見來解釋「孝順」的做法，以為無非是「聽話」，「從命」，以及長大之後，給年老的父母好好地吃飯罷了。自從得了這一本孝子的教科書以後，才知道並不然，而且還要難到幾十幾百倍。其中自然也有可以勉力仿效的，如「子路負米」[5]，「黃香扇枕」[6]之類。「陸績懷桔」[7]也並不難，只要有闊人[8]請我吃飯。「魯迅先生作賓客而懷橘乎？」我便跪答云，「吾母性之所愛，欲歸以遺[9]母。」闊人大佩服，於是孝子就做穩了，也非常省事。「哭竹生筍」[10]就可疑，怕我的精誠未必會這樣感動天地。但是哭不出筍來，還不過拋臉[11]而已，到「臥冰求鯉」[12]，可就有性命之虞了。我鄉的天氣是溫和的，嚴冬中，水面也只結一層薄冰，即使孩子的重量怎樣小，躺上去，也一定嗶喇一聲，冰破落水，鯉魚

---

4 忤逆：ㄨˇ ㄋㄧˋ，不孝順父母。

5 子路負米：子路貧困時自己吃粗陋的飯菜，而從百里之外背米給父母。

6 黃香扇枕：黃香事父至孝，夏月扇枕，冬則以身溫被。

7 陸績懷桔：陸績六歲時，見袁術，袁術請他吃橘，他卻把橘子帶回家贈母，時稱其孝。

8 闊人：富貴的人。

9 遺：ㄨㄟˋ，贈送、給予。這段說：我母親愛吃橘，想拿回家送母親。

10 哭竹生筍：孟宗的母親病重想吃竹筍，但冬天沒有竹筍，他抱竹痛哭融化冰雪，使竹筍生出。

11 拋臉：丟臉。

12 臥冰求鯉：王祥喪母，常受繼母刁難。有次繼母想吃魚，天寒地凍，他便解衣臥冰求魚，感動父母。

還不及游過來。自然，必須不顧性命，這才孝感神明，會有出乎意料之外的奇跡，但那時我還小，實在不明白這些。

其中最使我不解，甚至於發生反感的，是「老萊娛親」[13]和「郭巨埋兒」[14]兩件事。

我至今還記得，一個躺在父母跟前的老頭子，一個抱在母親手上的小孩子，是怎樣地使我發生不同的感想呵。他們一手都拿著「搖咕咚」。這玩意兒確是可愛的，北京稱為小鼓，蓋即鼗[15]也，朱熹曰：「鼗，小鼓，兩旁有耳；持其柄而搖之，則旁耳還自擊。」咕咚咕咚地響起來。然而這東西是不該拿在老萊子手裡的，他應該扶一枝拐杖。現在這模樣，簡直是裝佯，侮辱了孩子。我沒有再看第二回，一到這一頁，便急速地翻過去了。

那時的《二十四孝圖》，早已不知去向了，目下所有的只是一本日本小田海僊所畫的本子，敘老萊子事云：「行年七十，言不稱老，常著五色斑斕之衣，為嬰兒戲於親側。又常取水上堂，詐跌撲地，作嬰兒

---

13 老萊娛親：老萊子性至孝，年七十，常穿五色彩衣，作嬰兒嬉戲的樣子逗父母高興。

14 郭巨埋兒：郭巨養母至孝，每次供食於母，母必分給孫子吃，郭巨怕兒子與母親爭食，想活埋兒子，掘地卻發現金塊，金上寫有「天賜郭巨」，乃解其貧困。

15 鼗：ㄊㄠˊ，鼓面巴掌大，一根柄，雙耳繫有繩，繩上各穿木珠一顆，搖動時木珠會擊鼓作響。

啼，以娛親意。」大約舊本[16]也差不多，而招我反感的便是「詐跌」。無論忤逆，無論孝順，小孩子多不願意「詐」作，聽故事也不喜歡是謠言，這是凡有稍稍留心兒童心理的都知道的。

　　然而在較古的書上一查，卻還不至於如此虛偽。師覺授[17]《孝子傳》云，「老萊子……常衣[18]斑斕之衣，為親取飲，上堂腳跌，恐傷父母之心，僵[19]撲為嬰兒啼。」（《太平御覽》四百十三引）較之今說，似稍近於人情。不知怎地，後之君子卻一定要改得他「詐」起來，心裡才能舒服。鄧伯道[20]棄子救侄，想來也不過「棄」而已矣，昏妄人[21]也必須說他將兒子捆在樹上，使他追不上來才肯歇手。正如將「肉麻當作有趣」一般，以不情[22]為倫紀，誣衊了古人，教壞了後人。老萊子即是一例，道學先生以為他白璧無瑕時，他卻已在孩子的心中死掉了。

　　至於玩著「搖咕咚」的郭巨的兒子，卻實在值得

---

16 舊本：古老的版本。

17 師覺授：南朝宋人，著有《孝子傳》。

18 衣：一ˋ，動詞，穿。後面的衣，一，是名詞，衣服。

19 僵：ㄐㄧㄤ，跌倒。

20 鄧伯道：即鄧攸，晉朝人，逃難時不幸遇到盜賊，牛馬失去，只得挑著兒子和侄子步行。可是沿途困苦缺乏吃的，只好把兒子拋棄，保留姪子。

21 昏妄人：愚昧不明理的人。

22 不情：不合情理。

同情。他被抱在他母親的臂膊上，高高興興地笑著；他的父親卻正在掘窟窿，要將他埋掉了。說明云，「漢郭巨家貧，有子三歲，母嘗減食與之。巨謂妻曰，貧乏不能供母，子又分母之食。盍[23]埋此子？」但是劉向《孝子傳》所說，卻又有些不同：巨家是富的，他都給了兩弟；孩子是才生的，並沒有到三歲。結末[24]又大略相像了，「及掘坑二尺，得黃金一釜[25]，上云：天賜郭巨，官不得取，民不得奪！」

我最初實在替這孩子捏一把汗，待到掘出黃金一釜，這才覺得輕鬆。然而我已經不但自己不敢再想做孝子，並且怕我父親去做孝子了。家境正在壞下去，常聽到父母愁柴米；祖母又老了，倘使我的父親竟學了郭巨，那麼，該埋的不正是我麼？如果一絲不走樣，也掘出一釜黃金來，那自然是如天之福，但是，那時我雖然年紀小，似乎也明白天下未必有這樣的巧事。

現在想起來，實在很覺得傻氣。這是因為現在已經知道了這些老玩意，本來誰也不實行。整飭倫紀的文電是常有的，卻很少見紳士赤條條地[26]躺在冰上面，將軍跳下汽車去負米。何況現在早長大了，看過幾部古書，

---

23 盍：ㄏㄜˊ，何不，表示反問。

24 結末：文章結尾。

25 釜：ㄈㄨˇ，古代的一種烹飪器具。即鐵鍋。

26 赤條條地：赤身露體的。

買過幾本新書，什麼《太平御覽》咧，《古孝子傳》咧，《人口問題》咧，《節制生育》咧，《二十世紀是兒童的世界》咧，可以抵抗被埋的理由多得很。不過彼一時，此一時[27]，彼時[28]我委實有點害怕：掘好深坑，不見黃金，連「搖咕咚」一同埋下去，蓋上土，踏得實實的，又有什麼法子可想呢。我想，事情雖然未必實現，但我從此總怕聽到我的父母愁窮，怕看見我的白髮的祖母，總覺得她是和我不兩立，至少，也是一個和我的生命有些妨礙的人。後來這印象日見其淡了，但總有一些留遺，一直到她去世——這大概是送給《二十四孝圖》的儒者所萬料不到的罷。

---

27 彼一時，此一時：現在的情勢和過去不同。

28 彼時：過去。

圖4-1　二十四孝圖

提示：題目是「二十四孝圖」，但談的其實是「孝」。以圖為藍本，從孝的難易
　　　來舉例議論，對古代孝行不合情理之處有一番見解。你可從心智圖中觀察
　　　到作者的思考脈絡和文章側重點。

每個孩子在拿到圖畫書時，一定都感到非常開心，我也不例外。

水面結了一層薄冰，即使孩子的體重輕，也會因冰薄而冰破落水。

老萊子的手裡拿著「搖咕咚」裝小丑娛親。

子路貧困時自己吃粗陋的飯菜，卻從百里之外背米給父母吃。

▶名篇賞析

　　《二十四孝圖》是一本講述中國古代二十四個孝子故事的書，配有圖畫，目的是宣揚傳統孝道。魯迅從小時候讀《二十四孝圖》的感受切入，重點式評論他在讀「老萊娛親」、「郭巨埋兒」時，引起的強烈反感，用幽默的方式**揭露傳統思想的虛偽和殘酷**。

　　中國自古以孝立國，社會的價值觀是忠、孝、仁、愛。但以現代的眼光看，二十四孝有不少是「愚孝」，如「郭巨埋兒」、「臥冰求鯉」等，現代人都不應該效法。

　　作者認為，老萊子用欺騙的方法孝親，而原作者卻讓孩子效法，不是正確的教育。他說：「正如將『肉麻當作有趣』一般，以不情為倫紀，污衊了古人，教壞了後人。老萊子即是一例，道學先生以為他白璧無瑕時，他卻已在孩子的心中死掉了。」孩童讀了，將對「盡孝道」有錯誤的理解。

　　另一個「郭巨埋兒」，是說晉代郭巨原本家境不錯，但父親死後，他把家產分給了兩個弟弟，自己獨自撫養母親，極為孝順。後來家境逐漸貧困，郭巨擔心養兒子必然影響供養母親，就和妻子商量，把兒子抱到荒郊野外，準備挖坑活埋，幸好挖出金子，才免了兒子一死。

　　元代郭居敬把這些故事列入二十四孝，而且極為推崇，希望流傳世間以教導兒童孝道，但後來卻有許多人對此不讚賞。魯迅認為，郭巨雖有孝心，但殺害兒子卻違背了人性與人倫，不符合儒家崇尚「仁愛」的觀念；而且郭巨為了節省糧食，把親生兒子殺了，不但有違母親愛孫之心，還會陷母親於不仁，所以後來這種「孝舉」就被稱為「愚孝」。

　　魯迅生在舊中國，見到積弱的國家和萎靡的人民，就一直希望能用創作來「救國、救民、救思想」，〈二十四孝圖〉，表現出他想破除過時傳統觀念的用心。所以，我們除了欣賞文章、感受魯迅的深意，也應該向他學習深入思考問題的方法。

▶知識加油站

修辭散步

1.引用：在文章中引用別人的話或典故、名言、詩文、故事或俗語，做為內容需要或為了增加文章說服力。如作者引師覺授的《孝子傳》：「老萊子……常衣斑斕之衣，為親取飲，上堂腳趺，恐傷父母之心，僵撲為嬰兒啼。」是作者對「老萊娛親」故事所做的補充。

2.反諷：是一種語言技巧，特色是「言非所指」，說話的內涵與它表面的意義相互矛盾。如「自從得了這一本孝子的教科書」、「闊人大佩服，於是孝子就做穩了，也非常省事」、「必須不顧性命，這才孝感神明，會有出乎意料之外的奇蹟」、「後之君子卻一定要改得他詐起來，心裡才能舒服」等等語句，都蘊含諷刺的意味。

3.摹聲：在文章中運用一些模仿聲音的字詞（狀聲詞），讓文章充滿了大自然或生活的聲音。如「嘩喇一聲」，是冰破落水聲、「咕咚咕咚地響起來」，是搖動撥浪鼓的聲音。

延伸閱讀

　　古典詩談孝順的題材，著名的有清代周壽昌的〈曬舊衣〉：

卅載綈袍檢尚存，領襟雖破卻餘溫。

重縫不忍輕移拆，上有慈母舊線痕。

　　慈母在孩子即將遠行時，一針一線為孩子縫製新衣，深怕他受凍著涼，又擔心不知何時孩子才能回來相聚。這件舊衣上的線痕，訴說的正是母親的慈愛與關懷，三十年了，到現在還像留有餘溫，令人感到溫暖。

　　作者選曬舊衣服的事敘述母親的愛，以及對綈袍的珍惜，寄託對母親的深厚感情。母親關愛子女，毫無怨言，把自己的愛心與期盼，融入針線裡，讓人讀了彷彿有一股暖流通過心底。其實，為人子女只要把感恩的心付諸行動，照顧好自己，就是回報父母了。

▶模擬測驗

一、選擇題：

（　　）1. 〈二十四孝圖〉的主旨，下列何者為非？　(A)指出古代愚孝的不合情理之處　(B)揭示了古代孝道的虛偽和殘酷　(C)鼓勵讀者仿效古人臥冰求鯉　(D)二十四孝中，有部份的孝行我們可以勉力仿效。

（　　）2. 下列哪組「」中的詞語讀音相同？　(A)「遺」留／「贈」遺　(B)「忤」逆／「杵」臼　(C)「衣」錦還鄉／「衣」服　(D)「僵」硬／「疆」場。

（　　）3. 「必須不顧性命，這才孝感神明，會有出乎意料之外的奇蹟。」意思是　(A)要失去生命才算孝順　(B)用不要命的方式孝順是錯誤的　(C)不顧性命孝順，上天才會賜予黃金　(D)孝行不誇張，就不能感動天。

（　　）4. 作者舉「陸績懷桔」例子後說：「闊人大佩服，於是孝子就做穩了，也非常省事。」主要告訴讀者　(A)孝順必須先討好有錢人　(B)孝順非要有錢人的幫忙才行　(C)孝順要先說服有錢人　(D)孝順要親自實踐，不是只依賴外力幫忙。

（　　）5. 《二十四孝圖》是什麼閱讀用途的書？　(A)宣揚儒家思想及孝道　(B)教導人用極端的方式行孝　(C)傳授行孝的步驟和方法　(D)是適合現代人參考的書。

二、非選擇題：

作文題目：

　　閱讀魯迅〈二十四孝圖〉後，請學習魯迅針對某一個傳統思想找出問題、做出議論，寫成一篇結構完整的文章。但要注意的是：所提的論點必須合理，不能為反對而反對。

材料：

請選擇一個主題來寫。

1.女子無才便是德。

2.養兒可以防老。

作文提示：

學大師寫作：在現代，已經有許多女性成為總統、大企業的執行長、大學系主任了，卻仍然有不少人認為「女子無才便是德」，對女性的期待就是結婚、生子、相夫教子，提出你的看法是本文的重點。開頭：敘述傳統觀念形成的原因，來龍去脈，以及造成的傷害或弊端。段落：談現代人如何看待女性的角色，隨著時代改變，人們的觀念產生了哪些變化？並談及現代有才有德的女性，如何兼顧事業與家庭。結尾：說明女性應該用健康的心態看待自己，了解自己的才能，挖掘潛力。生命的發光發熱與性別無關，每個人都能努力地實現自我。

名篇選讀

2.論雷峰塔的倒掉

▶認識名家

周樹人（1881-1936年），原名周樟壽，筆名魯迅，字豫山、豫亭，後改名為豫才。他是20世紀中國重要作家、新文化運動的領導人、現代文學家、思想家。他的作品對五四運動以後的中國文學，產生深刻的影響。1936年10月19日，他在上海因肺結核病去世，享年55歲。

魯迅曾赴日本仙台醫學專門學校學習現代醫學，並受到一部日俄戰爭的紀錄片，中國人圍觀日軍殺害中國人情節的刺激，認為「救國救民需先救思想」，於是棄醫從文，希望用文學改造中國人的劣根性。

魯迅以小說創作崛起。1918年5月，首次用「魯迅」為名，發表中國現代文學史的第一篇白話小說《狂人日記》；1921年12月，發表中篇小說《阿Q正傳》，是現代文學史的不朽傑作。魯迅的創作題材廣泛，形式多樣，體裁包括小說、雜文、散文、詩歌。小說內容以刻畫底層百姓的生活為主，用白描刻畫人物形象、挖掘微妙的心理變化，表現一般人思想的愚昧和生活的艱辛；散文風格則冷峻清晰，展現犀利的思辨力。

作品有小說集《吶喊》、《彷徨》；論文集《墳》；散文詩集《野草》；散文集《朝花夕拾》；雜文集《熱風》、《華蓋集》、《華蓋集續編》等。

▶題解

〈論雷峰塔的倒掉〉出自於魯迅的論文集《墳》。作者借題發揮，將雷峰塔倒掉的社會新聞，與人們耳熟能詳的民間故事《白蛇傳》，巧妙的結合在一起，目的是藉著雷峰塔的倒掉，讚揚白娘娘為了爭取自由戀愛而奮鬥的精神；再藉著批判法海和尚，間接的批判傳統價值觀和衛道人士，表達對於象徵壓迫的「鎮壓之塔」倒掉的歡喜之情。

▶原文

聽說，杭州西湖上的雷峰塔[1]倒掉了，聽說而已，我沒有親見。但我卻見過未倒的雷峰塔，破破爛爛的映掩於湖光山色之間，落山的太陽照著這些四近的地方，就是「雷峰夕照」，西湖十景之一。「雷峰夕照」的真景我也見過，並不見佳，我以為。

然而一切西湖勝跡的名目[2]之中，我知道得最早的卻是這雷峰塔。我的祖母曾經常常對我說，白蛇娘娘就被壓在這塔底下！有個叫做許仙的人救了兩條蛇，一青一白，後來白蛇便化作女人來報恩，嫁給許仙了；青蛇化作丫鬟，也跟著。一個和尚，法海禪師，得道的禪師，看見許仙臉上有妖氣，──凡討妖怪作老婆的人，臉

---

1 雷峰塔：原在杭州西湖淨慈寺前，宋開寶八年由吳越王錢人叔建造，於一九二四年九月二十五日倒坍。
2 名目：事物的名稱。

上就有妖氣的，但只有非凡的人才看得出——便將他藏在金山寺的法座[3]後，白蛇娘娘來尋夫，於是就「水滿金山」。我的祖母講起來還要有趣得多，大約是出於一部彈詞[4]叫作《義妖傳》裡的，但我沒有看過這部書，所以也不知道「許仙」、「法海」究竟是否這樣寫。總而言之，白蛇娘娘終於中了法海的計策，被裝在一個小小的缽盂[5]裡了。缽盂埋在地裡，上面還造起一座鎮壓的塔來，這就是雷峰塔。此後似乎事情還很多，如「白狀元祭塔[6]」之類，但我現在都忘記了。

　　那時我唯一的希望，就在這雷峰塔的倒掉。後來我長大了，到杭州，看見這破破爛爛的塔，心裡就不舒服。後來我看看書，說杭州人又叫這塔作「保叔塔」，其實應該寫作「保俶[7]塔」，是錢王[8]的兒子造的。那麼，裡面當然沒有白蛇娘娘了，然而我心裡仍然不舒服，仍然希望他倒掉。

　　現在，他居然倒掉了，則普天之下的人民，其欣喜為何如？

　　這是有事實可證的。試到吳、越的山間海濱，探聽

3　法座：佛道天尊說法時的座位。

4　彈詞：一種曲藝。流行於南方，表演者大都在一人至三人，有說有唱。

5　缽盂：ㄅㄛ ㄩˊ，出家人的飯器。

6　白狀元是白娘娘和許仙生的兒子許士林，後來中了狀元回來祭塔，與鎮在塔下的白娘娘相見。

7　俶：音ㄔㄨˋ。

8　錢王：吳越忠懿王錢俶，五代十國時，吳越的最後一位國王。

民意去。凡有田夫野老，蠶婦村氓[9]，除了幾個腦髓裡有點貴恙[10]的之外，可有誰不為白娘娘抱不平，不怪法海太多事的？

和尚本應該只管自己念經。白蛇自迷許仙，許仙自娶妖怪，和別人有什麼相干呢？他偏要放下經卷，橫來招是搬非，大約是懷著嫉妒罷，——那簡直是一定的。

聽說，後來玉皇大帝也就怪法海多事，以至荼毒生靈[11]，想要拿辦他了。他逃來逃去，終於逃在蟹殼裡避禍，不敢再出來，到現在還如此。我對於玉皇大帝所作的事，腹誹[12]的非常多，獨於這一件卻很滿意，因為「水滿金山」一案，的確應該由法海負責；他實在辦得很不錯。只可惜我那時沒有打聽這話的出處，或者不在《義妖傳》中，卻是民間的傳說罷。

秋高稻熟時節，吳越[13]間所多的是螃蟹，煮到通紅之後，無論取哪一隻，揭開背殼來，裡面就有黃、有膏；倘是雌的，就有石榴子一般鮮紅的子。先將這些吃完，即一定露出一個圓錐形的薄膜，再用小刀小心地沿著錐底切下，取出，翻轉，使裡面向外，只要不破，便

---

9 氓：ㄇㄤˊ，古代稱一般老百姓為「氓」。

10 貴恙：恙，一ㄤˋ，詢問他人病況的敬詞。

11 荼毒生靈：荼，ㄊㄨˊ，殘害人民。

12 腹誹：ㄈㄨˋ ㄈㄟˇ，嘴巴不說但內心不認同。

13 吳越：今浙江全省及江蘇省西南部、福建省東北部。

變成一個羅漢模樣的東西，有頭臉、身子，是坐著的，我們那裡的小孩子都稱他「蟹和尚」，就是躲在裡面避難的法海。

　　當初，白蛇娘娘壓在塔底下，法海禪師躲在蟹殼裡。現在卻只有這位老禪師獨自靜坐了，非到螃蟹斷種[14]的那一天為止出不來。莫非他造塔的時候，竟沒有想到塔是終究要倒的麼？

　　活該[15]。

---

14 斷種：絕種。
15 活該：有無法避免或不值得同情的意味。

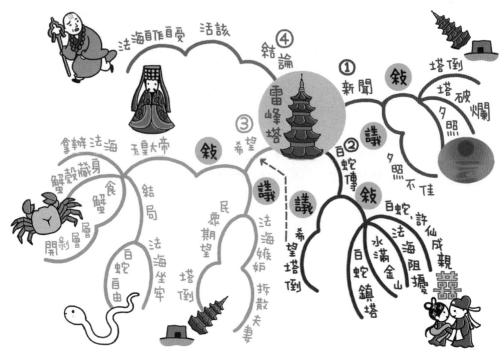

圖4-2　論雷峰塔的倒掉

提示：作者用夾敘夾議的方式，談對雷峰塔倒掉的想法。文章中敘述和議論界線
　　　並不明顯，所以將主幹都分成「敘」和「議」的支幹，所以，只要觀察閱
　　　讀地圖，就能將作者的思緒分析得清清楚楚。

雷峰塔映照於湖光山色之間，其中的「雷峰夕照」是西湖十景之一。

白蛇變成女人來報恩，並嫁給許仙。

法海和尚見許仙臉上有妖氣，於是和白蛇娘娘大鬥法。

白蛇娘娘中了法海的計，被裝在缽盂裡，上面還造起一座鎮壓的塔。

▶名篇賞析

　　魯迅的文章，往往因為思想深刻而發人深省，也因為語言生動、幽默，使人情不自禁的發出會心一笑。

　　〈論雷峰塔的倒掉〉，是篇夾敘夾議的議論文。為了使文章更具吸引力，作者巧妙的運用雷峰塔倒塌的新聞，和「白蛇傳」、「蟹和尚」等相關的民間傳說結合起來談，一邊說故事，一邊插入議論，使文章生動活潑，讀者自然而然就從故事中得到了體悟。

　　文章開始，就很輕鬆的談起一則「雷峰塔倒掉」的新聞，接著自然的將話題帶到《白蛇傳》：許仙與白蛇成親，法海和尚卻說妖是異類，不能與人成親，硬要把他們夫妻拆散，還把白娘娘鎮壓在雷峰塔下。

　　說完故事大意，作者開始表達對故事人物及雷峰塔倒掉事件的立場：同情白蛇娘娘，但痛恨法海和尚，還希望雷峰塔倒掉！作者拋棄一般人對於「西湖十景缺一景」的惋惜，反而很高興塔倒掉了。看到這裡，使人禁不住發出疑問：魯迅先生難道是在幸災樂禍？

　　確實是有一點幸災樂禍！作者不慌不忙的說，他之所以一直希望雷峰塔倒，其實是對白娘娘為了追求愛情卻受苦受難，寄予深厚的同情啊！所以他希望塔倒了，讓白娘娘重獲自由；而這同時，也是廣大的、熟知這傳說的人們，共同的期待。

　　最後，作者敘述螃蟹體內的「蟹和尚」傳說，指出這個羅漢模樣的東西，卻沒有慈悲的佛心，反而拆散一對愛侶，沒想到害人害己，被玉皇大帝懲罰，逃難到蟹殼裡，除非螃蟹絕種，否則不能離開蟹殼，不像白娘娘還有自由的一日。這段文字極盡諷刺挖苦。後面「剝蟹」的描繪更是細膩，一層層剝開蟹殼，暗示了蟹和尚被嚴密的關

著。

　　雷峰塔倒，白娘娘自由了，象徵束縛和限制的傳統包袱，也跟著雷峰塔倒掉了。作者用「活該」兩個字作結尾，既辛辣、又生動，具有強烈的感染力。

▶知識加油站

修辭散步

1. 映襯：是用兩個句法相似的句子，把一種或兩種人事物，用不同的觀點加以描寫，可突顯彼此的特點。如「未倒的雷峰塔，破破爛爛的映掩於湖光山色之間。」突出了塔的破舊。

2. 倒裝：故意顛倒句子的文法和邏輯順序，可製造新奇的美感。如「『雷峰夕照』的真景我也見過，並不見佳，我以為。」還原後是「我以為並不見佳」。

3. 倒反：就是說反話，表面上是讚美，卻含有嘲弄諷刺的意思。如「凡討妖怪作老婆的人，臉上就有妖氣的，但只有非凡的人才看得出。」

4. 設問：只問不答，但答案很明顯。如「現在，他居然倒掉了，則普天之下的人民，其欣喜為何如？」「可有誰不為白娘娘抱不平，不怪法海太多事的？」「白蛇自迷許仙，許仙自娶妖怪，和別人有什麼相干呢？」「莫非他造塔的時候，竟沒有想到塔是終究要倒的麼？」

延伸閱讀

　　閱讀魯迅的〈論雷峰塔的倒掉〉，不能不了解雷峰塔的歷史。

　　雷峰塔建於五代十國時期，元朝時，雷峰塔保存得還好；明嘉靖

年間，倭寇侵入杭州，懷疑塔內藏有明軍而放火燒掉雷峰塔的木製結構，只留下磚體塔身；後來民間傳說，雷峰塔的塔磚可以用來治病或安胎，許多人就來偷盜磚塊，還有人從塔內盜出經卷來牟利。1924年9月25日，幾近挖空的塔基不堪重負，突然全部崩塌，因而激發魯迅創作的靈感。

　　塔基下面一向被懷疑有地宮，尤其《白蛇傳》深入人心，更引人好奇，終於在2001年，地宮被開啟了。地宮入口被一塊大石頭蓋住，內有金塗塔、銅鏡、皮帶及藍玻璃瓶等，白娘娘被永鎮塔底的故事，從此「真相大白」。2002年10月25日，新雷峰塔就重建在舊塔的原址上。

▶模擬測驗

一、選擇題：

（　　）1. 〈論倒掉的雷峰塔〉，作者說：「凡討妖怪作老婆的人，臉上就有妖氣的，但只有非凡的人才看得出。」意思是　(A)讚美法海的道行高深　(B)諷刺法海收妖是無聊之舉　(C)娶女妖者臉上確有妖氣　(D)要捉妖就要先修道才行。

（　　）2. 「那時我惟一的希望，就在這雷峰塔的倒掉。」意思是　(A)希望雷峰塔倒　(B)不希望雷峰塔倒　(C)設法推倒雷峰塔　(D)呼籲讀者一起推倒雷峰塔。

（　　）3. 「和尚本應該只管自己念經。白蛇自迷許仙，許仙自娶妖怪，和別人有什麼相干呢？」是指謫法海　(A)沒有專心念經　(B)沒有降妖除魔　(C)多管閒事　(D)水滿金山。

（　　）4. 作者描寫「剝蟹」的順序：揭開背殼、割開圓錐形的薄膜、用小刀沿錐底切下、使裡面向外、露出蟹和尚。是暗示　(A)教育讀者食蟹的方法　(B)說明吃蟹很麻煩　(C)敘述蟹和尚傳說的由來

(D)暗示蟹和尚被嚴密的關著。

（　　）5.「莫非他造塔的時候，竟沒有想到塔是終究要倒的麼？」是暗示 (A)早知道就不建塔　(B)不合時宜的傳統觀念終被推翻　(C)有破壞才有建設　(D)責備法海的剛愎自負。

二、非選擇題：

作文題目：

　　讀過〈論雷峰塔的倒掉〉，請你尋找社會上的各種事例來議論，寫出議論清晰的文章，重點是：必須有自己的觀點，文長約五百字。以下題目供同學參考：

1.論樂透彩券的發行

2.論上鎖的日記本

3.論臉書（facebook）的存在

作文提示：

學大師寫作：短文不必分段，但結構仍然要完整。使用臉書有利有弊，論理應避免一面倒，利弊都該提出來討論。開頭：從一則新聞開始敘述，說明使用臉書造成的不幸事件，例如離家私會網友的少女、網路詐騙等等，思考臉書的陷阱。段落：再舉一則新聞，敘述使用臉書的好處，例如幸福夫妻透過臉書認識彼此，搭起緣份的橋樑、重新找回失散多年的同學或親人等等，思考臉書建立的社交群可能帶來更親密的人際關係。結尾：提出使用臉書之類高科技產物，應該注意的原則和方法，才能充分運用臉書帶來的好處而不致迷失。

名篇選讀

3.書

▶認識名家

朱湘（1904-1933年），安徽太湖人，字子沅[1]，中國現代詩人。清華大學畢業，在校時就開始新詩創作。1927年留學美國，就讀勞倫斯大學，學習西洋文學。1930年回國後，擔任安徽大學的英文文學系主任，但與校方不和；後來因個性孤傲，終於失業。1933年12月5日，朱湘從上海到南京時，於客輪上投江自殺，享年30歲。

朱湘是個對藝術充滿執著的詩人，被魯迅稱為「中國的濟慈」[2]。他的性格孤高、自尊心強，在美國讀書時，不能容忍白人教授和同學的種族歧視，轉學了兩次，他那獨立不羈的思想，就充分表現在此時期的論文中。例如，提倡自由發展；減少上課時間、改為自修；以寫報告代替傳統考試模式。

1925年，朱湘出版第一本詩集《夏天》；1926年自辦刊物《新文》，只刊登自己創作的詩文和翻譯的詩歌，由於缺乏經費，只發行了兩期；1937年，第二本詩集《草莽》出版。作品有詩集《夏天》、《草莽集》、《石門集》、《永言集》；散文集《中書集》等。

▶題解

朱湘是詩人，散文不多，大多收錄在《中書集》。〈書〉是朱湘的散文名篇，從書的外形講到書的內容，包括中國文字結構的趣味

---

1 沅：讀音ㄩㄢˊ。

2 濟慈：英文名John Keats，英國詩人，是位傑出的浪漫派作家。

和典故，還有對字體的介紹，也談到了寫書人對自己的書被禁或被焚毀的感受；最後寫到讀書人如何地刻苦讀書，直到滿頭白髮還是好學不倦。文中有幻想、有考證、有典故、有啟示，是兼具知識性的好文章。

▶原文

　　拿起一本書來，先不必研究它的內容，只是它的外形，就已經很夠我們的賞鑒了。

　　那眼睛看來最舒服的黃色毛邊紙，單是紙色已經在我們的心目中引起一種幻覺，令我們以為這書是一個逃免了時間之摧殘的遺民[3]。他所以能倖免[4]而來與我們相見的這段歷史的本身，就已經是一本書，值得我們的思索、感歎，更不須提起它的內含的真或美了。

　　還有那一個個正方的形狀，美麗的單字，每個字的構成，都是一首詩；每個字的沿革[5]，都是一部歷史。飆[6]是三條狗的風：在秋高草枯的曠野上，天上是一片青，地上是一片赭[7]，中疾的獵犬風一般快的馳過，嗅著受傷之獸在草中滴下的血腥，順了方向追去，聽到枯

3　遺民：改朝易代後的前朝百姓。
4　倖免：倖，ㄒㄧㄥˋ，僥倖免除。
5　沿革：沿襲和變革，指事物變遷的過程。
6　飆：ㄅㄧㄠ，風。
7　赭：ㄓㄜˇ，紅褐色的土。

草颯索[8]的響，有如秋風卷過去一般。昏是婚的古字：在太陽下了山，對面不見人的時候，有一群人騎著馬，擎[9]著紅光閃閃的火把，悄悄向一個人家走近。等著到了竹籬柴門之旁的時候，在狗吠聲中，趁著門還未閉，一聲喊齊擁而入，讓新郎從打麥場上挾起驚呼的新娘打馬而回。同來的人則抵擋著新娘的父兄，作個不打不成交的親家。

　　印書的字體有許多種：宋體挺秀有如柳[10]字，麻沙體天矯[11]有如歐[12]字，書法體娟秀有如褚[13]字，楷體端方有如顏[14]字。楷體是最常見的了。這裡面又分出許多不同的種類來：一種是通行的正方體；還有一種是窄長的楷體，棱角最顯；一種是扁短的楷體，渾厚頗有古風。還有寫的書：或全體楷體，或半楷體，它們不單看來有一種密切的感覺，並且有時有古代的寫本，很足以考證今本的印誤，以及文字的假借[15]。

　　如果在你面前的是一本舊書，則開章第一篇你便將

8　颯索：颯，ㄙㄚˋ，形容風聲。

9　擎：ㄑㄧㄥˊ，高舉、持、拿。

10　唐書法家柳公權，工書法，骨力遒健，結構緊密，體勢勁媚。

11　天矯：飛騰的樣子。

12　唐書法家歐陽詢，書法遒勁刻厲，自成一家，名曰率更體或歐體。

13　唐書法家褚遂良，工楷、隸，書學鍾繇、王羲之，而成古雅瘦勁之體。

14　唐書法家顏真卿，善書法，筆力勁拔，雄渾莊重，與柳公權並稱顏柳。

15　假借：六書之一。語言中某些字有音無字形，而借用同音字來表達。如「令」本為發號，借為縣令之令；「長」本為久遠，借為縣長之長。

看見許多朱色的印章，有的是雅號，有的是姓名。在這些姓名別號之中，你說不定可以發見古代的收藏家或是名傾一世的文人，那時候你便可以讓幻想馳騁[16]於這朱紅的方場之中，構成許多縹緲的空中樓閣[17]來。還有那些朱圈，有的圈得豪放，有的圈得森嚴，你可以就它們的姿態，以及它們的位置，懸想出讀這本書的人是一個少年，還是老人；是一個放蕩不羈[18]的才子，還是老成持重的儒者。

你也能借此揣摩出這主人公的命運：他的書何以流散到了人間？是子孫不肖，將他捨棄了？是遭兵逃反，被一班庸奴偷竊出了他的藏書樓？還是運氣不好，家道中衰，自己將它售賣了，來填償債務，或是支援家庭？書的舊主人是這樣。我呢？我這書的今主人呢？他當時對著雕花的端硯，拿起新發的朱筆，在清淡的爐香氣息中，圈點這本他心愛的書，那時候，他是決想不到這本書的未來命運。他自己的未來命運，是個怎樣結局的；正如這現在讀著這本書的我，不能知道我未來的命運將要如何一般。

更進一層，讓我們來想像那作書人的命運：他的

---

16 馳騁：ㄔˊ ㄔㄥˇ，騎馬奔馳。
17 空中樓閣：空中所見的樓臺觀閣，比喻脫離現實的幻想。
18 放蕩不羈：羈，ㄐㄧ。行動隨便，不受約束。

悲哀，他的失望，無一不自然的流露在這本書的字裡行間。讓我們讀的時候，時而跟著他啼，時而為他扼腕嘆息。要是，不幸上再加上不幸，遇到秦始皇或是董卓，將他一生心血嘔成的文章，一把火燒為烏有[19]；或是像《金瓶梅》、《紅樓夢》、《水滸》一般命運，被淺見者標作禁書[20]，那更是多麼可惜的事情呵！

　　天下事真是不如意的多。不講別的，只說書這件東西，它是再與世無爭也沒有的了，也都要受這種厄運的摧殘。至於那琉璃一般脆弱的美人，白鶴一般兀傲[21]的文士，他們的遭忌更是不言可喻了。試想含意未伸[22]的文人，他們在不得意時，有的采樵[23]，有的放牛，不僅無異於庸人，並且備受家人或主子的輕蔑[24]與凌辱；然而他們天生的性格倔強，世俗越對他白眼[25]，他卻越有精神。他們有的把柴挑在背後，拿書在手裡讀；有的騎在牛背上，將書掛在牛角上讀；有的在蚊聲如雷的夏夜，囊了螢照著書讀[26]；有的在寒風凍指的冬夜，拿了

---

19 秦始皇為統一思想，採納李斯建議燒毀書籍。董卓強迫漢獻帝西遷長安時，軍人將帛布寫成的書卷當作帳子和包袱，使書籍受到毀壞。

20 禁書：政府禁止發行、閱讀及收藏的書籍。

21 兀傲：兀，ㄨˋ，倔強而不隨俗。

22 含意未伸：偉大的志願尚未實現。同「壯志未酬」。

23 采樵：采，掘取、收集。樵，ㄑㄧㄠˊ，木柴。

24 輕蔑：蔑，ㄇㄧㄝˋ，看不起。

25 白眼：斜視時眼睛露出較多的白色部分，表示輕視。

26 指晉代車胤因為家貧，用囊袋裝滿螢火蟲，借螢光讀書的故事。

書映著雪讀[27]。然而時光是不等人的，等到他們學問已成的時候，眼光是早已花了，頭髮是早已白了，只是在他們的頭額上新添加了一些深而長的皺紋。

咳！不如趁著眼睛還清朗，鬢髮尚未成霜，多讀一些「人生」這本書罷！

---

27 指晉代孫康因為家中無燈火，便利用雪光照映讀書的故事。

圖4-3　書

提示：本文結構就像吃西瓜，由外往內越挖越深。先從書的外形觀感寫起，進
　　　入書中文字、字體、印章和朱圈，再帶出「人」。從心智圖觀察到的
　　　「人」，其實就是作者想深入談的。

每個字的構成，都是一首詩；每個字的沿革，都是一部歷史。

印書的字體有許多種，楷體是最常見的。

拿起一本古書，開章第一篇你也許會看見許多朱色的印章。

摹想古書的主人，當時他拿起毛筆，在爐香氣息中靜靜地圈點及閱讀它。

▶名篇賞析

在文章裡面加入知識，是議論文討喜的方式。

議論文很重視「論據」，就是本文作者朱湘運用的古今中外為人所知的事例，包括作者的親身經歷，或野史傳聞、社會時事、歷史事件等。論據可以讓內容充滿說服力，讀者在欣賞之餘，還能增加知識和常識。

一般以「讀書」為主題的文章，大多談書的內容和讀書的心得、體會、方法等，本文卻從書的外形切入，帶你鑑賞書的外觀，談有關書的歷史和文化內涵。「那眼睛看來最舒服的黃色毛邊紙，單是紙色已經在我們的心目中引起一種幻覺」，這類想像力的寫法，增添文章的可看性。

接著，作者帶著大家欣賞文字的美麗、文字的歷史和文化。每一個字就是一個小故事，作者用細膩的描寫技巧，使這些故事宛如畫面一般生動。還談到書的字體和印章。前者點出書法的特色，使文字彷彿有了個性；後者用書上的印章帶出讀書的「人」，幻想看書的人是什麼身分、什麼情況下讀這本書。

文章下半部的焦點在寫「人」，作者表達了對文人命運的悲憫和思考。朱湘本身也是窮愁潦倒的讀書人，他舉出車胤借螢光讀書、孫康借雪光讀書的例子，告訴我們不得志的文人，如何在艱困的環境下好學不倦，頗有呼應自身遭遇的味道。但是他筆鋒一轉，最後說：「等到他們學問已成的時候，眼光是早已花了，頭髮是早已白了。」強調讀書是一輩子的事，就算不能帶來財富，但「他們天生的性格倔強，世俗越對他白眼，他卻越有精神」，這正是讀書人的骨氣，也是朱湘的寫照。

　　作者在結尾，發出勸人要學會讀「人生」這本「書」的感嘆，又將文章提高到另一層次。他認為，如果是死讀書，就算讀到白頭了也無用。一個人除了讀書，還要記得「過生活」，將書裡的知識落實、印證到生活上，才是良好的讀書態度。

▶知識加油站

修辭散步

1.譬喻：暗喻，是用繫辭「是、為」等來比喻：「我們以為這書是一個逃免了時間之摧殘的遺民」。明喻，常用喻詞「像、如、一般」等來比喻：「那琉璃一般脆弱的美人，白鶴一般兀傲的文士」、「蚊聲如雷」。

2.排比：如「天上是一片青，地上是一片赭」、「有的圈得豪放，有的圈得森嚴」。

3.摹寫：描寫各種感官的感受。如「在秋高草枯的曠野上，天上是一片青，地上是一片赭（視覺），中疾的獵犬風一般快的馳過，嗅著受傷之獸在草中滴下的血腥（嗅覺），順了方向追去，聽到枯草颯索的響（聽覺），有如秋風卷過去一般（觸覺）。」

4.設問：只問不答。如「他的書何以流散到了人間？是子孫不肖，將他捨棄了？是遭兵逃反，被一班庸奴偷竊出了他的藏書樓？還是運氣不好，家道中衰，自己將它售賣了，來填償債務，或是支援家庭？」

5.感歎：如，「咳！不如趁著眼睛還清朗，鬢髮尚未成霜，多讀一些『人生』這本書罷！」

延伸閱讀

南宋著名的學者朱熹，寫了一首〈觀書有感〉的詩來談讀書：

半畝方塘一鑒開，天光雲影共徘徊。
問渠那得清如許，為有源頭活水來。

半畝大小的方形池塘裡，水光清澈的像一面鏡子，藍天白雲的影子倒映在池面，悠閒自在地來回走動。池水怎麼會這樣清澈呢？因為水源處不斷有活水流下來。

這首詩表達詩人深刻的讀書感受，含有哲理。池塘並不是一灘死水，而是常有活水注入，才能像明鏡一樣清澈，就好比人若要心靈澄明，就一定要認真讀書，時時補充新知，才不會退化。

▶模擬測驗

一、選擇題：

（　　）1. 朱湘的散文〈書〉，書寫了哪幾類人的命運？下列何者不是？
　　　　　(A)書主人的命運　(B)作書人的命運　(C)含意未伸的文人的命運
　　　　　(D)賣書人的命運。

（　　）2. 本文所舉的典故隱含了哪一句成語？　(A)黃香溫席　(B)囊螢映雪　(C)投筆從戎　(D)懸梁刺股。

（　　）3. 作者的寫作特色不包含哪個選項？　(A)運用排比使文字具音樂性　(B)豐富的聯想與想像　(C)形、聲、色的生動描寫　(D)化用典故，使文章具有文化內涵。

（　　）4. 本文寫作的脈絡是　(A)書的內容──書的外在──人　(B)人──書的外在──書的內容　(C)書的外在──書的內容──人

(D)人──書的內容──書的外在。

(　) 5. 文章最後「咳！不如趁著眼睛還清朗，鬢髮尚未成霜，多讀一些『人生』」這本書罷！」的意思是　(A)書讀太多沒有用　(B)讀書會傷害眼睛　(C)讀書容易使頭髮變白　(D)要讀書也要體驗人生。

二、非選擇題：

作文題目：

　　我們在求學讀書的時期，如果讓自己成為讀書的種子，時常用知識灌溉心靈，就能吸收書中的精華，長成大樹，成為棟樑之材，也能使智慧有所成長。請以「讀書的樂趣」為題，以你個人的經驗為例，分享讀書的樂趣和心得。

作文提示：

學大師寫作：寫作聚焦在「讀書」和「樂趣」。開頭：先分享自己的閱讀經驗，當拿到一本書時，最吸引你的是哪些地方？從封面、內容到封底，甚至書籍行銷的手法特色，都可以在此描述談論。段落：焦點回到讀者（你），樂趣變成寫作重心，舉凡紓緩、放鬆、滿足、快樂等情感字眼，都可以放入敘述當中。除了享受書本故事的情節、感官的刺激外，讀書帶來的精神享受是較高境界的體驗，要拉高層次去談，這種由低到高、有層次的書寫方式，將使文章更有說服力。結尾：最後談到自己從閱讀中獲得的成長。

名篇選讀

4.吹牛的妙用

▶認識名家

　　盧隱（1898-1934年）原名黃淑儀，又名黃英，福建省閩侯縣南嶼鄉人。中國五四時期著名的作家，曾與冰心、林徽音齊名，被稱為「福州三大才女」。1934年，因為難產死於上海大華醫院，享年36歲。

　　盧隱的愛情和婚姻曾經歷過一番波折。1923年夏天，她與在文學研究會上結識的郭夢良，不顧雙方親友的反對於上海結婚，但不幸的是，郭夢良於次年就因腸胃病逝世。

　　盧隱從大學時期開始，就在許多報章雜誌發表文章，內容由散文、小說、新詩到雜論不等。1925年，盧隱出版了第一本短篇小說集《海濱故人》，描寫五位女大學生對於愛情與婚姻的思索與掙扎，這本小說奠定她在文壇的基礎。「盧隱」是黃淑儀在大學時代開始用的筆名，有「隱去盧山真面目」之意。

　　作品有《海濱故人》、《曼麗》、《歸雁》、《象牙戒指》、《靈海潮汐》、《雲鷗情書集》、《盧隱短篇小說選》、《玫瑰的刺》、《女人的心》、《盧隱自傳》、《東京小品》、《火焰》、《盧隱選集》、《盧隱創作選》、《盧隱佳作選》。

▶題解

　　〈吹牛的妙用〉收錄在《東京小品》。盧隱的作品思想性很強，表現出現代知識女性的氣質。作品直接揭露社會問題，向傳統

制度和觀念進行批判，流露出不假掩飾的真性情。〈吹牛的妙用〉就是盧隱對社會問題深入的觀察後所作的議論文章。她用清晰的議論和獨到的觀點，努力打破人們對吹牛行為的種種迷思，揭開虛偽的假面具，是一篇精彩的議論文。

▶原文

　　吹牛是一種誇大狂，在道德家看來，也許認為是缺點，可是在處事接物上卻是一種刮刮叫[1]的妙用。假使你這一生缺少了吹牛的本領，別說好飯碗找不到，便連黃包車[2]夫也不放你在眼裡的。

　　西洋人究竟近乎白痴，什麼事都只講究腳踏實地去做，這樣費力氣的勾當[3]，我們聰明的中國人，簡直連牙齒都要笑掉了。西洋人什麼事都講究按部就班的慢慢來，從來沒有平地登天的捷徑，而我們中國人專門走捷徑，而走捷徑的第一個法門，就是善吹牛。

　　吹牛是一件不可輕看的藝術，就如《修辭學》上不可缺少「張喻[4]」一類的東西一樣，像李白什麼「黃河之水天上來[5]」，又是什麼「白髮三千丈[6]」，這在《修

1　刮刮叫：讚美。形容最好、好極了。
2　黃包車：上海話。指人力車。
3　勾當：ㄍㄡˋ ㄉㄤ˙，事情。多指壞事。
4　張喻：就是誇飾，超過事實的修辭法。
5　黃河之水天上來：語出李白的〈將進酒〉。
6　白髮三千丈：語出李白的〈秋浦歌〉。

辭學》上就叫作「張喻」，而在不懂《修辭學》的人看來，就覺得李太白在吹牛了。

　　而且實際上說來，吹牛對於一個人的確有極大的妙用。人類這個東西，就有這麼奇怪，無論什麼事，你若老老實實的把實話告訴他，不但不能激起他共鳴的情緒，而且還要輕蔑你、冷笑你，假使你見了那摸不清你根底[7]的人，你不管你家裡早飯的米是當[8]了被褥換來的，你只要大言不慚的說「某部長是我父親的好朋友，某政客是我拜把子[9]的叔公，我認得某某某鉅賈[10]，我的太太同某軍閥[11]的第五位太太是乾姊妹」，吹起這一套法螺[12]來，那摸不清你的人，便帖帖服服[13]的向你合十頂禮[14]，說不定碰得巧，還恭而且敬的請你大吃一頓蒸菜席呢！

　　吹牛有了如許的好處，於是無論哪一類的人，都各盡其力的大吹其牛了。但是且慢！吹牛也要認清對方的，不然的話，必難打動他或她的心弦，那麼就失掉吹牛的功效了。比如說你見了一個仰慕文人的無名作家或

7　根底：究竟、底細。

8　當：ㄉㄤˋ，用物品向當鋪抵押借錢。

9　拜把子：結拜為兄弟。

10　賈：ㄍㄨˇ，做生意的人。

11　軍閥：閥，ㄈㄚˊ。以武力割據地盤，把持政權，有雄厚勢力、自成一派的軍人。

12　吹法螺：法螺是法器。比喻善說佛法，傳播很遠。後譏諷人好說大話。

13　帖帖服服：即「服服貼貼」，馴服、順從。

14　合十頂禮：佛教儀式。兩掌在胸前相合，表示尊敬。

學生時，而你自己要自充老前輩時，你不用說別的，只要說胡適是我極熟的朋友，郁達夫是我最好的知己，最好你再轉彎抹角[15]的去探聽一些關於胡適、郁達夫瑣碎的軼事，比如說胡適最喜聽什麼，郁達夫最討厭什麼，於是便可以親親切切的叫著「適之怎樣怎樣，達夫怎樣怎樣」，這樣一來，你便也就成了胡適、郁達夫同等的人物，而被人所尊敬了。

如果你遇見一個好[16]虛榮的女子呢，你就可以說你周遊過列國，到過土耳其、南非洲！並且還是自費去的，這樣一來，就可以證明你不但學識、閱歷豐富，而且還是個資產階級。於是乎你的戀愛便立刻成功了。

你如遇見商賈、官僚、政客、軍閥，都不妨察顏觀色，投其所好[17]，大吹而特吹之。總而言之，好色者以色吹之，好利者以利吹之，好名者以名吹之，好權勢者以權勢吹之，此所謂以毒攻毒之法，無往而不利。

或曰[18]吹牛妙用雖大，但也要善吹，否則揭穿西洋鏡[19]，便沒有戲可唱了。

這當然是實話，並且吹牛也要有相當的訓練，第一

---

15 轉彎抹角：比喻說話或辦事不直爽。

16 好：音ㄏㄠˋ。

17 投其所好：好，ㄏㄠˋ。迎合他人的愛好。

18 或曰：有人說。

19 揭穿西洋鏡：比喻識破騙局，揭發真相。

要不紅臉，你雖從來沒有著[20]過一本半本的書，但不妨咬緊牙根說：「我的著作等身[21]，只可恨被一把野火燒掉了！」你家裡因為要請幾個漂亮的客人吃飯，現買了一副碗碟，你便可以說：「這些東西十年前就有了。」以表示你並不因為請客受窘[22]。假如你荷包裡只剩下一塊大洋，朋友要邀你坐下來八圈[23]，你就可以說：「我的錢都放在銀行裡，今天竟勻不出工夫[24]去取！」假如哪天你的太太感覺你沒多大出息時，你就可以說張家大小姐說我的詩作的好，王家少奶奶說我臉子漂亮而有丈夫氣，這樣一來太太便立刻加倍的愛你了。

這一些吹牛經，說不勝[25]說，但神而明之，存乎其人[26]！

---

20 著：ㄓㄨˋ，寫作。

21 著作等身：形容人的著作極多。

22 受窘：窘，ㄐㄩㄥˇ，感到困窘。

23 八圈：麻將的術語。

24 勻不出工夫：勻：ㄩㄣˊ，分出、撥出。夫，ㄈㄨ˙。指沒有空閒時間。

25 不勝：ㄅㄨˋ ㄕㄥ，無限。說不勝說，太多以致說不完。

26 神而明之，存乎其人：語出《易經》：「玄妙高深的道理，只有聖哲才能明白。」

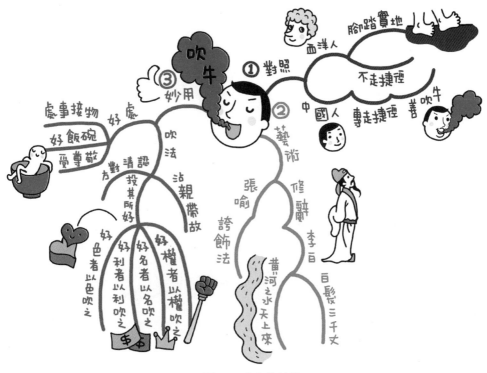

圖4-4　吹牛的妙用

提示：作者先從外圍談起，拿西洋人和中國人的處事態度來對照，接著釐清「吹
　　　牛」和修辭學中「張喻」法的差異，再以更多篇幅談「吹牛的妙用」，舉
　　　出許多例子對吹牛的行為加以諷刺。

西洋人什麼事都按部就班，但中國人卻專門走捷徑，善吹牛。

吹牛是一件不可輕看的藝術，要吹得天花亂墜、口沫橫飛。

無論你遇見哪一類人，都應各盡其力的大吹其牛。

如果你遇見一個愛慕虛榮的女子，可以吹牛說你閱歷無數……，於是，戀愛就成功了。

▶名篇賞析

對一位女性作家來說，盧隱有和男性一般的批判力。這篇〈吹牛的妙用〉，以犀利、幽默感和極盡挖苦的方式，對人們愛吹牛的壞習慣加以批評，表現她對於生活週遭的敏銳觀察。

文章主要針對當時的中國人提出針貶。首先比較民族性，拿西方人和中國人比。作者說西方人「不走捷徑」，而中國人「善吹牛」、「專走捷徑」，或許會被讀者認為不客觀，但作者的目的只是要突顯兩者的差異，「誇大」了中國人愛吹牛的性格。

在批評「吹牛」前，作者先告訴我們有一種「藝術」接近吹牛，就是修辭學上的「誇飾」，並舉李白的兩句詩佐證。她說：誇飾法是一種靈活運用語言的方式。進一步釐清吹牛與誇飾的差異。

接著，文章就進入主題，著墨在談吹牛的幾種「妙用」，讓我們探究吹牛背後的心態。中國人一般不直接吹噓自己，原因之一是：自己實在沒什麼本事可吹的，只好吹捧父母兄弟、親朋好友，只要對於自己的能力、背景，加得了分的，就可以扯上關係，似乎這些人出色，就「間接」抬高了自己的身價；另一種是不敢直接吹噓自己，可能是害羞臉嫩，因此用別的方式婉轉地吹噓。

根據作者觀察，西方人很少吹噓父母兄弟、親戚朋友，更很少誇耀家鄉出過什麼名人。西方人要吹噓就先吹噓自己，而且吹噓得非常坦率。他們擅長行銷自己，因為西方的民族性注重培養個體生命，大部分孩子被要求成年後就要對自己負責、要靠自己，因此誇耀親朋好友有多麼了不起，並不能發生作用，反而會讓人看不起。

中國人含蓄的吹牛，西方人坦率的吹牛，其實都是想引人注意，看起來並沒什麼不同。但作者欣賞的是「踏踏實實」，要吹牛，

至少也要吹得誠懇。所以勸告讀者，不要只追求虛假的事物，要真正看清本質，才不會受吹牛者「說不勝說」、花招百出的「吹牛經」的欺騙。

▶知識加油站

修辭散步

1. 倒反：人物表面說的話，和他內心真正的意思相反。寫法是：表面讚美，實際是責罵；或表面責罵，實際讚美。如「西洋人究竟近乎白痴，什麼事都只講究腳踏實地去做。」。

2. 疊字：將同一個字詞重疊使用（結構是：字＋字）。如刮刮叫、慢慢來、老老實實、帖帖服服、親親切切。

3. 呼告：對於正在敘述的事情，忽然改變原來的語氣，而用對話的方式來呼喊。如「但是且慢！」，表示加強語氣。

4. 排比：這裡是複句排比，用三個以上結構相似的複句（二句為一組），並列在一起，表達同範圍、同性質的意思。如「好色者以色吹之，好利者以利吹之，好名者以名吹之，好權勢者以權勢吹之。」

延伸閱讀

　　個性豪放的李白時常「語不驚人死不休」，創作過許多詩句都是誇飾法的經典。其中的一首〈秋浦歌〉說：

　　白髮三千丈，緣愁似個長。不知明鏡裡，何處得秋霜。

　　李白面對年華老去，不禁發出感嘆。他說：「我頭上的白髮長到

了三千丈，因為我心中的愁緒也這樣長。對著明亮的鏡子照看，我的頭髮竟白得像秋天的霜雪，真不知怎會變成這個模樣！」

李白的詩雄奇豪放、想像力豐富。許多詩人都哀嘆青春易逝、光陰難留，但李白卻不按牌理出牌，一開始就用強烈的誇飾「白髮三千丈」，立刻就把滿頭銀髮的形象突顯出來了。緣，是「因為」的意思，又說白髮是因為愁緒而起，白髮多長，愁就有多深；又用冰冷的「明鏡」和寒冷的「秋霜」象徵白髮，意味著年老的殘酷，讓人不禁也跟著李白發出由衷的嘆息。

▶模擬測驗

一、選擇題：

（　　）1. 〈吹牛的妙用〉，說吹牛「在道德家看來，也許認為是缺點，可是在處事接物上卻是一種刮刮叫的妙用」，意思是　(A)吹牛是人際關係的技巧　(B)吹牛使人緣變好　(C)吹牛是人格上的缺點　(D)吹牛使人開心。

（　　）2. 「好色者以色吹之，好利者以利吹之，好名者以名吹之，好權勢者以權勢吹之，此所謂以毒攻毒之法，無往而不利」，意思是　(A)面對什麼對象，就要投其所好來吹噓　(B)別人對你吹牛，你也要以吹牛回敬　(C)吹牛是很好的武器　(D)吹牛是很惡毒的事。

（　　）3. 「你家裡因為要請幾個漂亮的客人吃飯，現買了一副碗碟，你便可以說：『這些東西十年前就有了。』」實情是　(A)還來不及買碗碟　(B)家裡一向沒客人　(C)家裡的碗碟很醜　(D)家中寒酸。

（　　）4. 「假如你荷包裡只剩下一塊大洋，朋友要邀你坐下來八圈，你就可以說：『我的錢都放在銀行裡，今天竟勻不出工夫去取！』」實情

是　(A)沒空　(B)真的沒錢　(C)不會打麻將　(D)錢放在銀行裡。

(　　) 5. 從「吹牛妙用雖大，但也要善吹，否則揭穿西洋鏡，便沒有戲可唱了。」可知作者的意思是　(A)吹牛不如唱戲　(B)先照鏡子，看自己有沒有資格吹牛　(C)做人要踏實不要吹牛　(D)吹牛不能被拆穿。

二、非選擇題：

作文題目：

　　追求完美是人的天性，但是過分追求虛榮會讓你迷失一切。虛榮心重的人，所貪圖的莫過於名不符實的名譽，以及看起來光鮮亮麗的表象。請以「談虛榮心」為題，敘述自己的經驗或所見所聞，提出你的看法。

作文提示：

學大師寫作：「真性情」可以和「虛榮心」對比，對這類只有單一主題的題目，可以另外想個相對的主題與之並列討論，將使原來的主題更加突出。開頭：運用諷刺的方式去比喻，例如說虛榮心就像皇上批閱奏章一樣，每天上網打開臉書按「讚」（Like），一個讚就是一個章，滿足了人的表現慾和虛榮心等等。段落：進入主題，著墨在談虛榮的幾種「妙用」，探究虛榮的心態。比如虛榮可以幫助建立友誼（以利益交友），虛榮可以打擊敵人（利用競爭心態），虛榮可以獲得關注（用光鮮的外表），但是到頭來，這些都只是不堪一擊的假象。結尾：深入闡述論點，提出為人以真性情待人、合作、謀職，才能得到真實的回饋。

學習補帖

自　修　參　考

一、聲音盒子——學會用狀聲詞

擬聲字	
人的聲音	哎、呸、呢、呵、呲（ㄘ）、咯、咭（ㄐㄧ）、咦、哇、哩、哦、哼、哝、唔、啵、啦、啐（ㄘㄨㄟˋ）、啊、唷（ㄧㄛ）、喲、喂、嗎、嗨、嗚、嘛、噓、噗、嘿、嘟、嘩、嘻、噯（ㄞˋ）、噢、嚕、嚶、囉、吡（ㄔˋ）、吁、嘖、呷（ㄕㄚ）、咳（ㄎㄜˊ）、齁（ㄏㄡ）
動物聲	吱、吽（ㄏㄨㄥ）、汪、哞（ㄇㄡˊ）、呀、咕、呦（ㄧㄡ）、咿、咩（ㄇㄧㄝ）、喵、咪、喳、嗡、喔、嘎（ㄍㄚ）、嘓（ㄍㄨㄛ）、嘰、嘶、呱（ㄍㄨ）
物聲	叮、叭、嗶、噹、叩、咚、呼、咻、唰、啪、嗤、嘈（ㄘㄠˊ）、沖、碰、嘩、乒、乓、錚（ㄓㄥ）、鏘（ㄑㄧㄤ）
動物界的聲音	
鳥聲	鳥叫：吱喳（ㄔㄚ）、吱吱、吱吱喳喳、啾啾、啁啾（ㄓㄡ ㄐㄧㄡ）、咕咕、嘎嘎（ㄍㄚ）、啞啞（ㄧㄚ）、 鳥拍翅膀：撲剌剌（ㄌㄚˋ）、拍拍、磔磔（ㄓㄜˊ）
雞叫	咕咕、咯咯、喔喔、啄啄
鴨子叫	呱呱、刮刮
狗吠	汪汪、汪、咆（ㄆㄠˊ）嗚、嗚嗚、嘿嘿、哼哼
貓叫	咪咪、喵喵、喵嗚、呼嚕呼嚕
老鼠叫	吱吱、嘰嘰
牛叫	哞哞（ㄇㄡˊ）
羊叫	咩咩（ㄇㄟ）
馬鳴	嘶、蕭蕭、達達
蛇吐信	嘶嘶
蜜蜂拍翅膀	嗡嗡
青蛙叫	呱呱、嘓嘓（ㄍㄨㄛ）
蟬叫	唧唧（ㄐㄧˊ）

鹿鳴	呦呦（一ㄡ）
紡織娘	織織織織呀
自然界的聲音	
雨聲	滴答、答答、滴滴答答、淅瀝瀝、淅瀝淅瀝、叮叮咚咚
水聲	滴答、滴答滴答、嘩啦、嘩嘩、嘩啦嘩啦、淙淙（ㄘㄨㄥˊ）、啪啪、潑剌、潺潺（ㄔㄢˊ）、撲通
風聲	呼呼、咻咻（ㄒ一ㄡ）、噓噓、嗚嗚、颯颯（ㄙㄚˋ）、颼颼（ㄙㄡ）、颸颸（ㄙ）、烈烈、瑟瑟（ㄙㄜˋ）、撲簌簌（ㄙㄨˋ）
雷聲	轟轟、隆隆、轟隆隆、乒乒砰砰
火爆裂聲	必必剝剝、嗶剝
蘆葦搖動	窸窣（ㄒ一 ㄙㄨˋ）、窸窸窣窣
人與事物的聲音	
打噴嚏	哈啾
打鼾	呼呼、呼嚕呼嚕
心跳	咚咚、突突、撲通撲通
耳鳴	嗡嗡
肚子餓	咕咕、咕嚕
笑聲	呵呵、哈哈、哇哈哈、嘻嘻、嘿嘿、吃吃、格格、咯咯（ㄍㄜ）
驚呼聲	唉喲、哎呀、啊、呀
嬰兒哭	哇哇
喘氣	吁吁（ㄒㄩ）
拍手	啪啪（ㄆㄚ）
鞭炮	砰砰、劈劈啪啪、劈哩啪啦、砰砰啪啪
喇叭	叭叭、叭
敲門	叩叩叩
按電鈴	鈴鈴、叮咚、叮鈴、叮咚叮咚、嗶
皮鞋敲地	叩叩

照相	卡擦、卡嚓（ㄅㄚ）
彈鋼琴	叮叮咚咚
機車	轟轟
鬧鐘	鈴鈴鈴鈴
吹簫	嗚嗚
救護車	嗚伊嗚伊
敲鑼	鐺鐺、鏜（ㄊㄤ）、鏘鏘（ㄑㄧㄤ）、鏗鏗鏘鏘（ㄎㄥㄑㄧㄤ）
吹口哨	噓噓
炒菜	刷刷、擦擦、沙沙
吃餅乾	喀啦
開電燈開關	喀（ㄎㄚ）
煞車聲	軋吱（ㄍㄚ、ㄗ）
琴聲	琤琤（ㄔㄥ）
火車聲	戚戚卡卡
機關槍	嚓嚓嚓
磨刀聲	霍霍
說話吵雜	嘰哩呱啦、嘰哩咕嚕、嘰嘰喳喳
低聲說話	喃喃（ㄋㄢ）
推門聲	呀呀、骨剌剌
讚嘆聲	嘖嘖（ㄗㄜ）
杯子掉落	匡噹
機器發動	軋軋（ㄧㄚ、）
物品互擊	吧嗒、匡
東西散落	嘩喇喇、啪
鼓聲	鼕鼕（ㄉㄨㄥ）、咚咚
旗幟飄揚	忽喇喇

二、認識標點符號

「今天早上我推開窗戶一看啊看到一道彩虹耶」

「今天早上，我推開窗戶一看，啊！看到一道彩虹耶！」

不要懷疑！老師沒有氣喘。第一組例子是老師練習快速的講話，沒用標點符號，文字沒有「表情」；第二組例子是平常講話的速度，用了標點符號，文字就有生動的「表情」。標點符號很重要，作文要用，考試作文也要正確的用標點符號，否則會被扣分。那麼，標點符號該怎麼寫呢？請看下面的說明：

1. 句號（。）：用於意思完整的句尾，不用在疑問句、感嘆句。

　例子　自此，我家永不養貓。（鄭振鐸）

2. 逗號（，）：用於句子未完時，語氣停頓的地方。

　例子　在他們的叫聲裡，任何國家大事都只要花兩個銅板就可
　　　　以看到，似乎任何國家大事都只值兩個銅板的樣子。
　　　　（夏丏尊）

3. 頓號（、）：用於連用的詞、語之間，或放在表示次序的文字之後。

　例子　彷彿一個暮春的早晨，霏霏的毛雨默然灑在我臉上，引
　　　　起潤澤、輕鬆的感覺。（朱自清）

4.分號（；）：用於分開複句中平列的句子。

例子 你不妨搖曳著一頭的蓬草，不妨縱容你滿腮的苔蘚；你
愛穿什麼就穿什麼；扮一個牧童，扮一個漁翁，裝一
個農夫，裝一個走江湖的桀驁閃，裝一個獵戶。（徐志
摩）

5.冒號（：）：用於總起下文，或舉例說明上文。

例子 飆是三條狗的風：在秋高草枯的曠野上，天上是一片
青，地上是一片赭，中疾的獵犬風一般快的馳過。（朱
湘）

6.引號（「」）或（『』）：用於說話、引用或強調的詞語。

例子 「魯迅先生作賓客而懷橘乎？」我便跪答云，「吾母性
之所愛，欲歸以遺母。」（魯迅）

7.夾注號（──）或括號：占兩格位置。用於行文中需要注釋或補充
說明。

例子1 法海禪師，得道的禪師，看見許仙臉上有妖氣，──
凡討妖怪作老婆的人，臉上就有妖氣的，但只有非凡
的人才看得出──便將他藏在金山寺的法座後。（魯
迅）

例子2 可是，人們到了相當年紀，（又是這麼一句話）對於
自己的事情感到厭倦，覺得太空虛了，不值一想，這
時連這一縷鄉愁也將化為雲煙了。（梁遇春）

8.問號（？）：占一個字的位置。用於疑問句之後。

例子 可愛的，我將什麼來比擬你呢？我怎麼比擬得出呢？
　　　（朱自清）

9.驚嘆號（！）：占一個字的位置。用於感嘆語氣及加重語氣的詞、
語、句之後。

例子 但是且慢！吹牛也要認清對方的，不然的話，必難打動
　　　他或她的心弦，那麼就失掉吹牛的功效了。（盧隱）

10.破折號（——）：前後符號各占兩個字的位置。用於語意的轉變、
聲音的延續，或為了補充說明某詞語使文氣需要停頓時用。

例子 他偏要放下經卷，橫來招是搬非，大約是懷著嫉妒罷，
　　　——那簡直是一定的。（魯迅）

11.刪節號（……）：占兩格位置。用於省略原文、語句未完、意思未
竟，或句子斷斷續續等。

例子 你的思想和著山壑間的水聲，山罅裡的泉響，有時一澄
　　　到底的清澈，有時激起成章的波動，流，流，流入涼爽
　　　的橄欖林中，流入嫵媚的阿諾河去……（徐志摩）

三、實用修辭大全

1.譬喻：是用具體的事物來形容另一抽象的事物，使事物變得清晰，
複雜的道理也變得簡單，能夠表現生動的形象，耐人尋味。由「喻
體A＋喻詞＋喻依B」所組成。

例子1 那琉璃一般脆弱的美人，白鶴一般兀傲的文士。（朱湘）

例子2 自然是最偉大的一部書。（徐志摩）

2.轉化：把不是人的事物形容得像人一樣，擁有人的情感和動作，可以強化作者內心的情感，幫助營造文章的氣氛，加深讀者印象。可以把人當作物來形容，或把物當作人來描寫。

例子1 千條萬條的柔柳，齊舒了它們的黃綠的眼。（鄭振鐸）

例子2 你不妨搖曳著一頭的蓬草，不妨縱容你滿腮的苔蘚。（徐志摩）

3.誇飾：用誇張而且超出事實的筆法，將事物的特點描寫出來，使形象更鮮明。寫法是將事物擴大、縮小、變形，以形容事物。

例子 假使你這一生缺少了吹牛的本領，別說好飯碗找不到，便連黃包車夫也不放你在眼裡的。（盧隱）

4.類疊：是將同一個字詞重疊起來使用，或反覆使用同一個句子，能增強文句氣勢，渲染氣氛；而字詞重複，還可以製造聲音的節奏感，表現文句的旋律美。

例子1 走到山邊，便聽見花花花花的聲音。（朱自清）

例子2 為著他們，希望許多絕不可能的事情變為可能，為著

他們，肯把自己重新擲到過去的幻覺裡去。（梁遇春）

5.頂真：上句的最後一個字詞和下句的第一個字詞相同，使連接的句子首尾蟬聯，叫做頂真，型態是「AB，BC，CD」。

例子1 我們先到梅雨亭。梅雨亭正對著那條瀑布。（朱自清）

例子2 煩惱使人不得不希望，希望卻是一服包醫百病的良方。（梁遇春）

6.排比：用排列兩組或以上相近的句型，以表達同範圍、同性質的情思或意念，使文章的節奏感更強，條理更清晰。型態為「A1，A2，A3」，三個句子都以A代表，表示句型相近。

例子1 她鬆鬆的皺纈著、她輕輕的擺弄著、她滑滑的明亮著。（朱自清）

例子2 扮一個牧童，扮一個漁翁，裝一個農夫，裝一個走江湖的粜卜閃，裝一個獵戶。（徐志摩）

7.對偶：將字數相等、詞性相同、句法相同的句子，對稱的排列在一起，意思相反或相關的修辭法。型態為「A1，B1；A2，B2」，A1和A2對偶，B1和B2對偶。

例子1 托身於浮宅之上，賓士於萬頃海濤之間。（鄭振鐸）

例子2 三更兒哭，可以攪你的清夢，一聲爸爸，可以動你的

心弦。（梁遇春）

8.層遞：將兩個以上的事物，按照順序由大而小，由淺入深，或由小而大，由深漸淺，用遞升或遞降的方式，層層的形容描寫，也就是俗稱的「剝筍法」。

例子 「從此以後，越唱越低，越低越細，那聲音漸漸地就聽不見了。（劉鶚〈明湖居聽書〉）

9.借代：描寫事物不直接使用它的本名，而借用與它直接相關的事物來代替，或是借用事物的部分或整體。作用是突顯描寫對象的特徵。

例子 這一幅像八大，那一幅像石濤，幅幅後面都顯現著一個面黃肌瘦，嗷嗷待哺的人影，我覺得慘。（梁實秋〈畫展〉）用畫家稱號代替畫作。

10.倒裝：故意顛倒句子的文法和邏輯上的順序，叫做「倒裝」，打破一般熟悉常用的語法規律，可製造新奇的美感。

例子 「雷峰夕照」的真景我也見過，並不見佳，我以為。（魯迅）還原後是「我以為並不見佳」。

11.倒反：人物表面說的話，和內心真正的意思相反，是用相反的言語來突顯事實。寫法是對人物表面讚美，實際上是責罵；或表面責罵，實際上讚美。

例子 凡討妖怪作老婆的人，臉上就有妖氣的，但只有非凡的人才看得出。（魯迅）

12.摹寫：將身體對事物的各種感受，用文字加以形容描寫。先藉由
　　視、聽、嗅、味、觸等身體感官，來觀察和體驗事物，然後書寫出
　　來。可以運用一種感官來寫，也可以將五種感官混合著描寫，使文
　　章的意象更為豐富。

　　例子1 新鮮的微風吹動我的衣袂，像愛人的鼻息吹著我的手
　　　　　一樣。（朱自清）

　　例子2 在那被洗去的浮豔下，我能看到她們在有日光時所深
　　　　　藏著的恬靜的紅，冷落的紫，和苦笑的白與綠。（朱自
　　　　　清）

　　例子3 他帶來一股幽遠的淡香，連著一息滋潤的水氣，摩挲
　　　　　著你的顏面，輕繞著你的肩腰……（徐志摩）

13.呼告：對於正在敘述的事情，忽然改變原來的語氣，而用對話的方
　　　　　式來呼喊，呼喊的對象通常不在你的面前，也不一定是人，
　　　　　可以對事物呼告。

　　例子 啊，鄉愁呀，如輕煙似的鄉愁呀！（鄭振鐸）

14.感歎：描寫令人快樂、憤怒、驚訝、悲傷、厭惡的情感，多用於感
　　情強烈時。

　　例子 咳！不如趁著眼睛還清朗，鬢髮尚未成霜，多讀一些
　　　　　「人生」這本書罷！（朱湘）

15.對比：將兩種差異很大的觀念或事物，互相比較對照，使兩者的特
　徵更加明顯。

　例子 以香相號召的東西，實際往往是臭的。（夏丏尊）

16.設問：為引起讀者注意，行文時特意採用詢問的語氣。心中有疑
　問，叫做「疑問」，答案無解。心中已有答案，為激發本意而發
　問，叫做「激問」，答案在問題的反面。為提起下文而發問，叫做
　「提問」，答案在問題的後面。

　例子1 對於自己怎能不灰心呢？當此「屏除絲竹入中年」時
　　　　候，怎麼好呢？（梁遇春）──是疑問。

　例子2 可有誰不為白娘娘抱不平，不怪法海太多事的？（魯
　　　　迅）──是激問。

四、模擬測驗選擇題解答

夏丏尊，〈白馬湖之冬〉

1.(D)　2.(B)　3.(A)　4.(A)　5.(C)

夏丏尊，〈幽默的叫賣聲〉

1.(A)　2.(D)　3.(B)　4.(A)　5.(D)

鄭振鐸，〈貓〉

1.(D)　2.(B)　3.(C)　4.(A)　5.(B)

朱自清，〈歌聲〉

1.(A)　2.(D)　3.(B)　4.(D)　5.(C)

朱自清，〈綠〉

1.(D)　2.(C)　3.(D)　4.(B)　5.(A)

徐志摩，〈翡冷翠山居閒話〉

1.(D)　2.(C)　3.(B)　4.(C)　5.(B)

梁遇春，〈第二度的青春〉

1.(B)　2.(D)　3.(D)　4.(B)　5.(A)

鄭振鐸，〈海燕〉

1.(B)　2.(C)　3.(D)　4.(D)　5.(A)

魯迅，〈二十四孝圖〉

1.(C)　2.(D)　3.(B)　4.(D)　5.(A)

魯迅，〈論雷峰塔的倒掉〉

1.(B)　2.(A)　3.(C)　4.(D)　5.(B)

朱湘，〈書〉

1.(D)　2.(B)　3.(C)　4.(C)　5.(D)

盧隱，〈吹牛的妙用〉

1.(C)　2.(A)　3.(D)　4.(B)　5.(C)

國家圖書館出版品預行編目資料

圖解：我的第一本作文書─跟著閱讀地圖走，讓
你輕鬆寫出好作文、拿高分／高詩佳著. --三版. --
臺北市：五南圖書出版股份有限公司, 2013.12
　　面：　公分.
ISBN 978-957-11-7414-3（平裝）
1.漢語　2.作文　3.寫作法
802.7　　　　　　　　　　　　　102022952

1X4M　　悅讀中文09

圖解：我的第一本作文書

跟著閱讀地圖走，讓你輕鬆寫出好作文、拿高分

作　　　者 ― 高詩佳(193.2)

發 行 人 ― 楊榮川

總 經 理 ― 楊士清

總 編 輯 ― 楊秀麗

副總編輯 ― 黃惠娟

責任編輯 ― 吳佳怡

封面設計 ― 黃聖文

出 版 者 ― 五南圖書出版股份有限公司

地　　　址：106台北市大安區和平東路二段339號4樓

電　　　話：(02)2705-5066　　傳　　真：(02)2706-6100

網　　　址：https://www.wunan.com.tw

電子郵件：wunan@wunan.com.tw

劃撥帳號：01068953

戶　　　名：五南圖書出版股份有限公司

法律顧問　林勝安律師事務所　林勝安律師

出版日期　2011年 4 月初版一刷
　　　　　　2012年 2 月二版一刷
　　　　　　2014年 1 月三版一刷
　　　　　　2022年 5 月三版五刷

定　　　價　新臺幣250元